HANS KNEIFEL

HÜTER DES PLANETEN

VERLAG ARTHUR MOEWIG GMBH, 7550 RASTATT

PERRY RHODAN-Taschenbuch
1. Auflage
erscheint monatlich im Verlag Arthur Moewig GmbH, Rastatt

– Originalausgabe –
Titelbild: Alfred Kelsner
Redaktion: Günter M. Schelwokat
Vertrieb: Erich Pabel Verlag GmbH, Rastatt
Druck und Bindung: Elsnerdruck GmbH, Berlin
Verkaufspreis inklusive gesetzliche Mehrwertsteuer

Alleinvertrieb und Auslieferung in Österreich:
Pressegroßvertrieb Salzburg, Niederalm 300,
A-5081 Anif
Einzel-Nachbestellungen sind zu richten an:
PV PUBLIC VERLAG GmbH, Postfach 51 03 31, 7500 Karlsruhe 51
Lieferung erfolgt bei Vorkasse + DM 3,50 Porto- und Verpackungsanteil
auf Postscheckkonto 852 34-751 Karlsruhe oder per Nachnahme
zum Verkaufspreis plus Porto- und Verpackungsanteil.
Abonnement-Bestellungen sind zu richten an:
PABEL VERLAG GmbH, Postfach 1780, 7550 Rastatt
Lieferung erfolgt zum Verkaufspreis plus ortsüblicher Zustellgebühr
Printed in Germany
Mai 1985
ISBN 3-8118-5114-4

1.

Stechend heiß brannte die Sonne in das riesige Oval hinunter. Der Nachmittag, an dem ich sterben sollte, war angebrochen.

Die Mauern, an denen sich in der Farbe frischen Rostes Blutspuren abzeichneten, schienen im Glast zu schwanken und sich zu verformen. Vom Boden der Arena stieg jener Geruch auf, den wir zu verabscheuen gelernt hatten. Trocknendes Blut und Urin der Tiere stanken, der Staub roch dumpf nach Moder und Tod. Die Sägespäne verströmten Gestank nach Schweiß und Kot.

Durch die eisenversperrten Eingänge in die Arena wehte ein kühlerer Hauch, der die Spuren von Grüften, faulendem Zisternenwasser und der Todesfurcht von Gladiatoren, Sklaven und jener Männer mit sich führte, die in der Mühle des Todes festgeschmiedet waren und sie nur um den Preis des Todes, grauenvoller Verwundungen oder qualvollen Siechtums verlassen konnten.

Fünfzig Millionen sogenannter Bürger zählte man im Römischen Reich.

Ein Zehntelprozent davon schien heute hier versammelt zu sein. Es hatte sich eine Kulisse gebildet, die noch übler war als das Geruchsinferno in dieser kurzen Pause des erbarmungslosen Kampfes.

Sonnensegel spannten sich an langen Tauen über viele Teile der ansteigenden Sitzreihen. Sklaven sprengten Rosenwasser auf den heißen Stein. Hin und wieder blähten kurze Windstöße die Leinenflächen. Händler verkauften schreiend ihre Waren, Wein wurde ausgeschenkt. Die Männer, die hohe Wetten auf die letzten überlebenden Gladiatoren entgegennahmen oder anboten, überschrien einander mit schrillen Stimmen. Die Besucher tauschten den letzten Klatsch und die ordinärsten Gerüchte aus. Und aus Tausenden leiser, halblauter oder schreiend über einige Sitzreihen hinweg geführten Unterhaltungen wurde ein Raunen, Summen und Dröhnen, das die Steine erschüttern und die Säulen zum Schwanken bringen konnte. Hier und heute regierte die Ochlokratie, die Herrschaft des Pöbels.

Der erste Trommelwirbel ging im Geschrei und Geraune fast völlig unter.

Einige Atemzüge später ertönte ein einzelner Lituus mit schrillem Ton, ein kräftiger Chor dieser Instrumente erscholl grell und fordernd, eine laute Kadenz der Tubabläser verschaffte sich Aufmerksamkeit. Gekrümmte Corni und geschwungene Bucini verstärkten die Signale. Die schauerlichen Töne fuhren über die geschmückten Mauern dahin und kündeten an, daß die letzten Kämpfe anfingen.

Zuerst hatten die Gladiatoren gegen wilde Tiere gekämpft die durch Hunger, Brandwunden und Peitschenhiebe rasend gemacht worden waren. Wer dieses erste Blutbad überlebte, durfte mit stumpfen Waffen an den Schaukämpfen teilnehmen. Sie dienten dazu, den Pöbel in denselben Zustand zu versetzen wie kurz zuvor die Bestien, die aus fernen Ländern und Provinzen kamen.

Die besten Schwertkämpfer aus den Gladiatorschulen von Ravenna, Capua, Rom und Padua hatten miteinander und gegeneinander kämpfen müssen. Männer, die lange, entbehrungsreiche Jahre gebraucht hatten, um Freunde zu werden, mußten einander töten. Ich hatte gegen viele von ihnen gekämpft, hatte von ihnen jede nur denkbare Finte gelernt und, was noch wichtiger war, die Fähigkeit, in solchen Kämpfen zu überleben. Obwohl es sich unbestreitbar um die Elite der Kämpfer handelte, retteten sie ihre Kenntnisse nicht davor, zu sterben.

Es gab stets einen, der mehr Glück hatte, eine entscheidende Spur kräftiger war oder zu einem bestimmten Zeitpunkt seinen Körper besser schützte.

Der letzte Trommelwirbel dröhnte auf.

Noch einmal schrien die Signalinstrumente. Das Tor aus doppelt fingerdicken Eisenstäben rasselte vor uns klirrend hoch. Wir hatten in tiefem Schweigen auf diesen Moment gewartet. Es gab kein Zurück. Wir formierten uns zu fünfzehn Zweierreihen und gingen hinaus in die gnadenlose, blendende Hitze der Arena.

„Denke daran. Jeder Schlag ist abgesprochen", sagte der schwarzhäutige Hüne neben mir. Er steckte in der schweren Rüstung eines *Murmillionen*. Ich trug Netz und Dreizack eines *Retiarius*.

„Im Kampf geht nicht alles nach Plan", murmelte ich zwischen zusammengepreßten Lippen aus dem Visierhelm hervor. „Wir haben oft und gut geprobt."

„Bei Osiris! Ich hoffe es so sehr."

„Ebenso wie ich."

Von den dreißig Männern in vier unterschiedlichen Rüstungen und Kampfstilen hatte ich achtundzwanzig mehrmals besiegen können, in harten, aber wenig gefährlichen Kämpfen und nach einer Schulung, die ihresgleichen in Härte und Schnelligkeit suchte. Nur Ekrala war besser als ich. Deswegen würde er mich töten müssen.

Wir tauchten im Gleichschritt in die Gerüche des Todes und das hysterische Kreischen der Zuschauer ein. Einer von uns hob den Arm und rief aus der Mitte der Arena zu Caligula hinauf:

„Ave, Caesar. Morituri te salutant."

Die Todgeweihten grüßten jenen Herrscher, der gekommen war, um über ihr Leben zu entscheiden. Gelangweilt gab Caligula mit seinem wölfischen Gesichtsausdruck das Zeichen. Auch Ekrala, der Ausbilder in der Gladiatorenschule des Präfekten Marcus Petronius aus Padua, war zu seinem letzten Kampf angetreten. Wenn ich im Sand lag und er Sieger blieb, würde er niemals wieder in der Arena kämpfen.

Schweigend gingen wir sternförmig auseinander und stellten uns auf. Hinter den Visieren der Helme gingen unentwegt schnelle Blicke der Verständigung hin und her.

Jeder einzelne Gladiator – auch ich – hatte ein Ziel vor Augen, das ihn zur Höchstleistung anspornen würde. Der Plebs auf den Rängen schien es zu spüren, denn die Erregung wuchs.

Der Kampf begann fast gleichzeitig an fünfzehn Stellen.

Die Samniten mit dem riesigen Schild und der metallenen Schutzschiene am linken Unterschenkel kämpften gegen die Thraker mit zwei ledernen Beinschienen und dem langen, gekrümmten Schwert. Ich warf mein Netz seitwärts aus und senkte den langen Dreizack.

Einen Steinwurf rechts von mir wirbelte Publius Thrax, Retiarius wie ich, sein metallkugelbewehrtes Netz wie ein leichtes Leinentuch über dem Kopf. Signus, der Kämpfer mit dem Fischzeichen auf dem Helm, drang halb geduckt mit blitzendem Schwert auf Thrax ein. Der Abschaum auf den steinernen Sitzreihen begann sich zu benehmen wie eine Meute rasender Hunde, als Thrax mit einem blitzschnellen Drehhebel das Schwert des Signus aus dessen Hand wirbelte und mit aller Kraft zustach. Ich sah, mein Netz auf Ekrala schleudernd, wie Signus von allen drei Widerhaken links neben dem Rand des Schildes in Brust, Lunge und Herz getroffen wurde. Die Enden des Tridents waren drei Finger breit, messerscharf und fast so lang wie eine Handfläche.

Die Zuschauermenge schrie geifernd auf. Wieder packte mich der Haß auf dieses Imperium, das heute, siebenhundertneunzig Jahre *ab urbe condita*, nach seiner offiziellen Gründung, so viel Bürgerpöbel und so wenige Männer voller Würde und Klugheit hervorgebracht hatte – und einen solchen Cäsar duldete, wie es Caligula war. Ich griff Ekrala mit aller Kraft und Schnelligkeit an, deren ich fähig war.

Er verteidigte sich meisterhaft. Binnen weniger Atemzüge waren wir in Schweiß gebadet. Das Sonnenlicht auf dem Sand und den hellen Mauern des Circus Maximus blendete uns. Wir kämpften wie die Rasenden und schafften es, uns nur haarfeine Schnitte, Prellungen und Abschürfungen beizubringen, die nichts bedeuteten und dennoch bluteten. Den sechsten Teil einer Stunde lang – während um uns tapfere Männer, alles unsere Freunde, elend starben – umkreisten wir uns.

Ekrala wich immer wieder meinem Netz aus, ich schlug sein Schwert zur Seite, er rammte mich mit seinem Schild und lenkte den Dreizack ab, der sich mehrmals in dem Schutz über dem rechten Arm verfing und den Schild mit tiefen, parallelen Kerben zeichnete. Wir strauchelten, überschlugen uns im heißen Sand, kamen wieder auf die Füße und schlugen abermals klirrend zu. Dann gab Ekrala, dem der Schweiß vom Kinn und von den Ellbogen tropfte, das Zeichen.

Mein Netz senkte sich über seinen Körper. Ich riß an dem Seil und zog die Maschen im selben Augenblick zusammen, als sein Schwert sägend hochzuckte und die Knoten durchtrennte.

Ekrala zerriß das Netz, sprang hindurch, als es zu Boden glitt und rammte mich mit dem kleinen Schild zur Seite. Ich wich zurück, stieß ihm den Dreizack in den ungeschützten rechten Oberschenkel und verfing mich in seinem Fußhebel. Sein Schwerthieb traf den Dreizack, prellte ihn halb aus meiner Hand und spaltete ihn in zwei Teile. Ich wurde hart auf den Rücken geschleudert. Sofort saß sein Schwert an meiner Kehle.

Wieder betäubte uns das Geschrei der Zuschauer. Ich spürte die schartige Spitze der Waffe in meiner Haut. Das Metall schien glühend zu sein. Außerhalb meines Blickfelds senkte Caligula, den die Macht in den Wahnsinn eingebildeter Verfolgung getrieben hatte, seinen Daumen oder bewegte seine Hand auf eine bestimmte Art. Ekrala stieß erbarmungslos zu.

„Wir sehen uns wieder!“ hörte ich seine abgehackten, keuchenden Worte. Dann erreichte mich die erste lähmende Stufe des alten Dagor-Kampfkunstgriffs. Spitze und Schneide zerfetzten die Haut, das Gewebe und die Hohlräume. Aus meinem Hals sprudelte hellrotes Blut. ARK SUMMIA und die daraus gewonnenen Erfahrungen der Körperbeherrschung versetzten mich in todesartige Starre. In der Haut zeigten sich ein breiter, klaffender Schnitt und eine furchtbare Wunde. Mein Körper bäumte sich einige Male auf.

Der Nubier wurde zum Sieger erklärt.

Ich spürte nicht mehr, wie ich aus dem klebrigen Sand zurück in die fensterlosen Zellen im Unterbau des riesigen Rundes aus Quadern gebracht wurde. Irgendwann gelang es Ekrala, mit mir auf den Schultern zu flüchten. Die anderen Überlebenden dieses Kampfes trafen alle nacheinander in unserem geheimen Treffpunkt ein.

Ein halber Mond verging.

Für vierzehn Männer war dies eine Zeit voller unerklärlicher Vorgänge.

Am fünfzehnten Tag fanden wir uns in einer noch seltsameren Umgebung wieder.

Durch Sand und halb abgeweidetes Gras stapfte Ekrala auf mich zu, grinste breit mit seinen schneeweißen Zähnen und machte eine großartige Bewegung mit dem Arm.

„Das alles ist für uns, Gladiator?"

„Seit dem Moment meines Todes heiße ich Demetrion Atlan. Das solltest du am besten wissen."

„Ich kann's noch immer nicht fassen, Atlan. Ein neues Leben für uns alle..."

Dreißig oder mehr ausgesucht starke, gut zugerittene Pferde weideten hier am Flußufer. Im Schatten riesiger Bäume lagerten Stapel voller Ausrüstung. Hoch über uns zogen Falken ihre lautlosen Kreise. Ich wußte, wem sie gehorchten.

„Ein neues Leben. In Freiheit, aber voll neuer Pflichten, Ekrala."

„Wenn es stimmt, was du uns erzählt hast, wird's ein Leben voll Fröhlichkeit werden."

Natürlich hatten sich die Männer, deren Arbeit das Töten gewesen war, nicht innerhalb von fünfzehn Tagen geändert. Einige waren sehr nachdenklich geworden. Boote, die rasend schnell durch die Luft schwebten, ein schweigsamer Mann, der niemals zu schlafen und alles zu können schien, am Ende vieler Überraschungen dieser Treffpunkt in unbekanntem Land unter heißer Sonne, vorher noch der überraschende Schock, als mich Arconrik von der Schicht künstlichen Gewebes und tarnender Adern, Bindegewebe und Blutkrusten und dem dünnen Metallschutz um die Halsschlagader befreite. Nur Ekrala hatte gewußt, an welcher Stelle er mich scheinbar tötete.

Du darfst sie nicht überfordern, meldete sich der Logiksektor. *Bereite sie in kleinen Schritten vor!*

„Ihr werdet erleben", sagte ich laut, „daß dort, wohin ich euch bringe, ein ganz anderes Leben herrscht. Es hat keine Ähnlichkeit mit Rom."

„Und der erste von euch", sagte Arconrik mit harter Stimme, „der sich benimmt wie ein Gladiator, wird von mir so schwer gestraft, daß er niemals wieder daran denken kann."

Überraschtes Schweigen breitete sich aus. Jeder von uns hatte sich seine Pferde ausgesucht, pflegte und sattelte sie. An die Steigbügel hatten sich die Männer, die ihren Körper beherrschten wie kaum ein anderer, sofort gewöhnen können. Ausrüstung war verteilt worden. Auch ich war froh, denn die Falle war nicht zugeschnappt – freiwillig hatte ich nicht in der Arena gekämpft.

„Wann brechen wir endlich auf?"

„Morgen bei Sonnenaufgang", sagte ich. Über den Feuern drehten sich Braten, Würste und Fleisch lagen auf Rosten. Salz, Speck und Würzkräuter waren ebenso reichlich vorhanden wie auch Wein in Schläuchen und Amphoren. Seit fünfzehn Tagen hatte sich keiner einen

Rausch geholt. Wir waren fünf Tagesritte von der Oase entfernt.

„Werden wir kämpfen müssen?" wollte einer meiner narbenbedeckten Freunde wissen. Ich hob die Schultern. Wir waren auch nicht mehr länger wie Römer gekleidet. Die Maschinen der Unterseekuppel hatten auch neue Kleidung hergestellt.

„Nur dann, wenn uns Wegelagerer angreifen. Diese aber werden wir töten müssen", antwortete ich ernst.

Immer wieder näherte sich einer der Falken und strich neugierig zwischen den dünnen Rauchsäulen der Feuer hindurch. Der Raubvogel stieß kurze, auffordernde Schreie aus. Nur Arconrik, der Robot, und ich verstanden sie.

„Bald, Khach't", flüsterte ich und lachte zu dem Vogel hinauf, „werden wir uns sprechen."

Zwölf Stunden später ritten wir in einer lockeren Reihe nach Süden und folgten weitestgehend dem Lauf „unseres" Flusses. Ich wußte Narnia in bester Sicherheit; der Roboter korrespondierte ständig mit den Überwachungsgeräten und konnte innerhalb von rund zehn Stunden in die Kuppel einschleusen. Es war auch für mich wieder fremdes Land geworden, durch das wir uns bewegten – und noch immer war es so gut wie unbelebt.

Ekrala und ich ritten weit vor der Spitze unserer Karawane, die von Arconrik angeführt wurde.

„Und warum hast du uns hierher gebracht?" stellte Ekrala, der Nubier, endlich die entscheidende Frage. Bisher hatte ich ihnen allen nur Versprechungen machen können, die ich bis jetzt hatte halten können, in vollem Umfang.

„Eine Siedlung, die rund zweieinhalb Jahrhunderte alt ist, von Arconrik und mir gegründet, braucht Hilfe. Sie braucht Wächter, Arbeiter und Väter gesunder Familien! Sie wurde errichtet von Sklaven, Ausgestoßenen und Wegelagerern, die zu Siedlern und Handwerkern wurden. Sie ist schön und reich. Ihr sollt ein Teil der neuen Bevölkerung werden."

„Bauern? Handwerker? Fischer?“

„Was ihr wollt, was ihr lernen könnt. Wir werden euch helfen. Denn wir werden dort ein Schiff bauen, das zu den Sternen fliegt. Du wirst es erleben, mein Freund.“

Er sagte lange nichts, und schließlich trafen wir, kurz vor Mittag des nächsten Tages, den „wahnwitzigen Falkner“, den Wächter von ES.

Vor einer hochstiebenden Sandwolke, angekündigt durch drei krächzende Raubvögel, galoppierte Khach't auf einem weißen Hengst heran, der auffallend von schwarzen Streifen gezeichnet war.

Auf dem linken Unterarm hockte ein Falke, die Lederhaube über dem Kopf. Ich hielt Ekralas Arm fest. Der Reiter neben mir hatte zum Kampfbeil gegriffen.

„Ein Freund, älter als die Bäume dort am Ufer“, sagte ich und hob beide Arme, winkte. Khach't kam direkt auf mich zu und parierte dicht vor mir das Pferd. Sand prasselte auf uns herunter.

„Willkommen, König der Ausgestoßenen, und Schande über dich, daß du deine zauberhafte Geliebte nicht mitgebracht hast. Sie ist sehr viel hübscher als dein Gesicht.“

„Du bist auch nicht schöner geworden“, stellte ich fest. „Und dein Mundwerk klappert wie unsere alte Wassermühle.“

„Ex Africa semper aliquid mali“, rief er. „Wollt ihr die Sagen wieder auffrischen? Mit diesen narbigen Gesellen voll von ungehobeltem Benehmen?“

„So ist es!“ stimmte ich zu. Aus Afrika, hatte er gescherzt, kommt stets etwas schlechtes Neues. Wir sprangen aus dem Sattel und umarmten uns. So wie er uns durch die Augen der künstlichen Vögel – oder gab es auch wirkliche, lebendige Tiere darunter? – längst gesehen hatte, kannten wir die veränderte Umwelt, die Grasebenen und die hochgewucherten Bäume, die Ausdehnung der Oase und Khach'ts seltsame Behausung aus den Beobachtungen der Rico-Spionsonden.

„In der Oase herrscht Frauenmangel", sagte er. „Wer ist dieser riesige Brocken aus Schwärze?"

„Der schlechte Neue aus Afrika. Stelle dich gut mit Ekrala. Er hat sich auf ein gewagtes Spiel eingelassen und wurde mein Freund."

Sie begrüßten sich ein wenig zurückhaltender. Wir ritten weiter, und Khach't unterrichtete uns über den letzten Stand der Dinge. Alle jungen Frauen waren Verbindungen eingegangen, auch mit zufällig getroffenen Männern, die sich von dem Reichtum der Siedlung hatten einfangen lassen. Nicht ein einzigesmal war wirklich ein Überfall verübt worden. Auf uns wartete, sagte Khach't gräßlich lachend, eine Überraschung.

Langsam näherten wir uns, in achtsamer Entfernung gefolgt vom schwerbeladenen Gleiter, der Oase. Ich wartete und hoffte nicht vergeblich. Die bewaffneten Wachen hatten uns bald umzingelt, aber als sie mein Gesicht sahen, wurden sie völlig unsicher.

„Bist du es ? Demetrion? Atlantur?"

In der Gladiatorenschule hatte ich mein Haar völlig abrasiert. Jetzt wuchs um meinen Schädel kurzes, nur einen Fingerbreit langes Haar, sehr dicht und fast weiß. Meine Haut zeigte ein gesundes Hellbraun. Wie kam es, daß sie mich trotzdem ohne Zögern erkannten?

„Ich bin es. Mit Freunden."

„Und wo ist Arconrik?"

Ich deutete mit dem Daumen über die Schulter. Eine Gruppe löste sich und galoppierte, gellende Schreie ausstoßend, zurück zur Oase. Bis wir ihren Rand erreicht hatten, würde sich erstens die Nachricht verbreitet haben, und ein Fest war die unausweichliche Folge. Ich sagte in einem Ton, den Ekrala zu verstehen gelernt hatte:

„Sie rüsten ein Fest. Es wird Bier geben, so gut, wie ihr es noch nie getrunken habt. Und ebensolchen Wein. Hör zu: rührt keine Frauen an! Sie sind alle die Gefährtinnen, Geliebten oder Kindesmütter der Männer. Ihr seid nicht in Rom, wo sich euch die Hetären ohne Bezahlung an den Hals geworfen haben. Achte auf unsere Freunde!"

„Es wird nicht einfach sein."

Ich dachte an die getarnten Lähmstrahler und beruhigte ihn mit dem Hinweis, daß es sichere Mittel gäbe. Als wir endlich die Felder, Weiden und Außenbezirke der Oase hinter uns gelassen hatten, erwartete uns tatsächlich eine Überraschung.

„Es ist die Arkadiane, die Prachtstraße der Legenden", sagte Khach't, ohne zu scherzen.

Eine Straße, etwa drei Bogenschüsse lang und so breit, daß drei Gespanne nebeneinander fahren konnten, führte am Teich und dem Tempel vorbei bis zum Hauptplatz. Dahinter erkannten wir „unser" Haus. Die doppelte Baumreihe war mittlerweile unglaublich gewachsen. Einige waren möglicherweise zweihundertfünfzehn Jahre alt, alle waren vorbildlich gepflegt und trugen Blüten oder Früchte. Zwischen ihnen, auf Sockeln aus schwarzem Basalt, kauerten und standen halbe Fabelgestalten, die menschliche Gesichter hatten. Ich und mein photographisch getreues Gedächtnis erkannten Narnia, Arconrik, Beilarx und, mindestens dreimal, mich selbst, dazu Nabor Thet, einige andere Frauen und Männer. Es waren seltsame, eigenständig künstlerische Darstellungen aus hellem Gestein, die jedenfalls den Ausdruck unirdischer Weisheit trugen und Zeichen der Herrschaft und der Erfindungsgabe. Mein Extrasinn sagte mit säuerlicher Schadenfreude:

Der Hüter des Planeten, der Einsame der Zeit, sieht sich selbst ins göttliche Antlitz. Du hinterläßt Spuren wie ein Pharao. Noch schlimmer: du freust dich auch noch darüber!

ES, sagte ich mir im stillen, würde laut darüber lachen.

Auf dem Platz zwischen den Häusern stiegen wir aus den Sätteln. Ich erklärte der Menschenmenge – es mochten eineinvierteltausend Menschen in allen Hautfaren von sonnengebräunt bis schwarz sein –, daß wir für einige Zeit wieder zurückgekommen waren, daß wir neue Bürger mitbrachten und wieder einige neue Geräte bauen würden.

Nachts landete Arconrik den Gleiter und lud Werkzeuge, Metalle und Bearbeitungsgeräte aus.

Mit dem Lähmdolch konnte Ekrala verhindern, daß sich die ehemaligen Gladiatoren unpassend benahmen und Prügeleien mit eifersüchtigen Ehemännern oder noch schlimmere Vorfälle heraufbeschworen.

Es wurde, wie zu erwarten war, ein überschäumendes Fest.

Die Probleme indessen stellten sich erst in den folgenden Tagen ein; es kam eines nach dem anderen. Unsere Besuche hier waren zu selten und für zu wenige Jahre, also zu kurz gewesen...

Töne, Bilder, Klänge und Farben... die Darbietung endete. Die Bildschirme zeigten abstrakte, beruhigende Darstellungen. Ich erkannte Rico, der gegen ein Pult gelehnt stand und in einer Pergamentrolle las. Ich verstand auch, was er sagte:

„In omnibus requiem quaesivi, et nusquam inveni nisi in angulo cum libro."

Überall hatte er also Ruhe gesucht, dieser erstaunliche Robot, er hatte sie nirgendwo gefunden, nur in dieser Ekke mit einem Buch. Ich konnte ihm sogar glauben. Als ich Schritte hörte, konnte ich in dem geschwächten Zustand nur die Augen bewegen und sah Narnia, die sich meinem Lager und der Batterie der strahlenden, blinkenden und summenden Geräte näherte. Ihr Lächeln – ich erkannte es sofort.

Rico hat sie lange vor dir geweckt. Eine aparte Änderung der Routine!

Also war auch der Extrasinn erwacht. Narnia hielt mir einen Becher an die Lippen. Während ich trank und edlen, alten Wein schmeckte, flüsterte sie:

„Ich werde dir niemals verzeihen, Atlan! Du warst ohne mich dort. Alle diese Bilder! Wir müssen beide bald wieder in die Oase! Sie erinnern sich noch immer an uns."

Dann sagte sie streng:

„Aber zuerst mußt du deinen Körper unter Kontrolle bekommen. Ich habe es schon hinter mir."

Ich war fast unfähig zu sprechen und krächzte etwas, das wie „bald, ich gebe mir Mühe" klingen sollte. Rico rollte das Pergament zusammen und erklärte mit sachlichen Worten einen erstaunlichen Tatbestand.

„Vielleicht wird der Anblick des ersten Raumschiffsmodells deinen Zustand einige Sekunden schneller ändern. Diese Bilder und andere, die nicht weniger interessant sind."

Offensichtlich, dachte ich todmüde, ehe ich wieder einschlief, hatte nicht ein Alarmruf von ES mich und meine Geliebte geweckt. Mein Kopf sank zur Seite, und als ich wieder aufwachte, fühlte ich mich weitaus kräftiger.

2.

Die Prozedur, die wie immer viel zu lange dauerte, hatte mich fest in ihrem Griff. Um meinen Verstand zu beschäftigen, spielten die Speicher der Computer die Szenen der Vergangenheit ab. Das bedeutete, sie zeigten mir die Ereignisse, an die ich mich erinnern durfte. Sie waren von ES nicht blockiert worden.

Zuerst vermißte ich meinen Zellaktivator. Rico beruhigte mich und zeigte ein Bild. Das lebensverlängernde Gerät befand sich unter meiner Haut, tief im Muskelfleisch der Brust versteckt.

Auf mehreren Bildschirmen erschienen die Aufnahmen der Spionsonden. Texte, Zahlen, Grafiken und Originalton vervollkommneten sie. Hin und wieder griff Rico ein und gab Erklärungen ab.

Er hatte auch eine ziemlich genaue Zeitlinie entwikkelt. Sie basierte auf dem Jahr 1, das *ab urbe condita* – Gründung der Stadt Rom – gerechnet wurde und vor 821 Jahren stattgefunden hatte.

Einzelne geschichtliche Daten, die für uns wichtig sein mochten, wurden geschildert. Im Jahr 767 starb der „göttliche" Cäsar Augustus. 780 taufte ein hagerer, bärtiger Mann namens Johannes einen anderen, der sich Jesus nannte. Am dreiundneunzigsten Tag des Jahres 786 gab es im südöstlichen Teil des Mittelmeers eine partielle Mondfinsternis. Blutrot schimmerte der vom Erdschatten verdunkelte Teil des Mondes, da ein Sturm Sand in die Atmosphäre geblasen hatte. Es war früher Abend, etwa die sechste Stunde nach Mittag – in dieser Stunde starb jener Jesus aus Nazareth am Kreuz, von Römern hingerichtet.

790 wurde Caligula ermordet, Claudius folgte ihm auf dem Cäsarenthron, ihn löste 807 Nero ab. Elf Jahre später hatte ich Nero in einem völlig sinnlosen Einsatz gedemütigt, der mich nach Rom gebracht hatte. Von diesen Jahren hatte ich nichts vergessen. Die römischen Arenen, sagte ich mir stoisch, kannte ich besser als Männer wie Seneca. Julius Cäsar, immerhin, hatte zusammen mit seinem Berater einen Jahreskalender entwickelt, der fast so genau war wie unserer.

Wir schrieben das Jahr 823. Nero war tot. Titus Flavius Vespasianus, Cäsar Vespasian, regierte das Imperium milde. Wir konnten darauf hoffen, unsere Vorhaben in Ruhe durchzuführen.

Vor weniger als dreiunddreißig Jahren hatten wir, ohne Narnia, die Oase besucht.

Wahrscheinlich gab es noch einige Greise, die sich an Arconrik, Ekrala und mich erinnern. Dessen war ich sicher.

Der Logiksektor flüsterte: *Und den wahnwitzigen Falkner Khach't gibt es auch noch.*

Stunde um Stunde verging, während unaufhörlich Informationen aus allen Teilen der Welt, mehr oder weniger wahllos, aber stets hochinteressant, auf mich eindrangen.

Arconrik/Rico spielte die Aufnahmen einer uralten Marmorsäule in das Programm ein. Sie stammte aus Alexandria und trug die Inschrift in Altgriechisch ATLAN POLIN DOMISSAS APILTHEN.

„Atlan gründete die Stadt und ging weg“, sagte Rico. „Das ließ dein merkwürdiger Un-Freund Alexander von Makedonien einmeißeln.“ Meine Erinnerungen an Alexandria und die Bibliothek der Stadt waren nichts anderes als kurze, blitzartige Stücke eines Mosaiks, über das ES die Verfügung hatte.

„Warum bin ich geweckt worden? Von wem?“ fragte ich, als mir meine Stimmbänder wieder gehorchten.

„Es ist dein Ziel, ein Raumschiff zu konstruieren und damit zum Robotgehirn des zweiten Planeten zu fliegen. Wir brachten vor etwa drei Jahrzehnten Einzelteile und Werkzeuge samt Plänen zur Oase. Jetzt können wir weiterarbeiten.“

„ES, der allgegenwärtige Wächter, meldete sich nicht?“

„Nein. Ich muß analysieren, daß er unsere Vorhaben mit Wohlgefallen betrachtet. Allerdings wird er eingreifen, wenn es ihm nicht paßt.“

Ich wurde kräftiger, meine Haut bräunte sich, ich ging umher und konnte feste Nahrung zu mir nehmen. Narnia und ihr Freund Arconrik hatten die Zeit gut genutzt und sich genügend Bänder und Informationen angesehen. Die junge Frau hatte aus vielen Städten rund ums Mare internum die schönsten Vorbilder neuer Kleidung aufgenommen, und Ricos Maschinen waren, unsere Vorräte verwendend, angelaufen. Jedesmal, wenn Narnia in mein Blickfeld kam, trug sie ein anderes, aufregendes Gewand. Ihr Haar war von Rico gepflegt und in verschiedene Frisuren gelegt worden; ich staunte immer mehr darüber, wie groß die Lernfähigkeit Ricos war, und wie gern und spielend leicht er alle seine Fähigkeiten anwendete.

Mein zweiter Gang mit zitternden Knien brachte mich in einen Nebenraum. Hier hing das erste Modell des Raumschiffs.

Mein rechter Arm lag auf Narnias Schulter. Sie stützte mich, und ihre weiche Haut roch nach Spezereien, die aus den Provinzen Roms kamen oder aus fremden Ländern.

„Und damit willst du zu den Sternen fliegen?“ fragte meine schöne, junge Freundin ein wenig unsicher. Ich schüttelte den Kopf und bereute es sofort, weil mein Schädel schmerzend zu dröhnen begann.

„Nein. Nicht zu den Sternen. Zur nächsten Welt, in die Richtung der Sonne. Aber bis zu diesem Tag ist es noch sehr lange hin.“

„Du allein?“

„Auch das weiß ich nicht. Ich weiß nicht einmal, ob dieses Ding hier jemals fliegt.“

Das Modell bestand aus unzähligen Einzelteilen. Die Form entsprach einem schlanken Zylinder, der große, nach hinten gepfeilte Tragflächen aufwies. Es gab wenige runde Bullaugen. Einfache, wegklappbare Stützelemente verbargen sich halb im Rumpf. Selbst am Modell erkannte ich, daß sämtliche Teile in klassischer Handwerkerarbeit hergestellt werden sollten. Wir hatten keinen Arkonstahl in solch großen Mengen, daß wir daraus ein Raumschiff bauen konnten. Ferner erkannte ich Elemente, die wir auch in unseren Gleitern verwendeten. Das Modell bewies, daß wir in der Lage waren, eine einfache, möglicherweise aber durchaus brauchbare Konstruktion herzustellen. Rico näherte sich uns leise und sagte:

„Von den technischen Einrichtungen gibt es erste Pläne und eine Bedarfsliste, die teilweise schon von unseren Maschinen erfüllt werden konnte. Es ist noch sehr viel zu tun, Gebieter… ich wollte sagen: Atlan.“

„Gewisse Programmierungspunkte sind nur schwer zu löschen“, murmelte ich. „Bereiten wir uns besser auf den nächsten Schritt vor. Unsere Startbasis ist ohne Zweifel die Oase."

Es war noch keine Zeit gewesen, Bilder der Oase anzusehen. Rico hatte gesagt, daß das Archiv voll sei und zwei Spionsonden ständig in unterschiedlichen Bahnen um und über dem abgelegenen Fleck in der südöstlichen Landschaft Afrikas kreisten.

„Der einzig geeignete Platz. Wir werden lange arbeiten, viele Rückschläge haben und müssen unbeobachtet bleiben."

Rico und Narnia brachten mich zurück in die Räume, in denen die Reanimationsmaschinerie auf mich wartete. Ich konnte noch immer nicht über alle meine Kräfte verfügen.

„Was ist an diesem Raumschiff so dringend, so wichtig? Was willst du auf der anderen Welt, die keiner kennt? Und warum bringst du dich zusätzlich zu allem anderen in diese Gefahr?"

Ich saß, in einen bodenlangen und warmen Bademantel gehüllt, in dem federnden Kontursessel. Rico kannte die Antwort, wenn auch auf seine, vollcomputerisierte Weise. Ich lächelte müde, nahm einen Schluck von dem abscheulich schmeckenden Brei aus Konzentraten und Aufbaustoffen und versuchte, eine Antwort zu finden, die auch ein für allemal mir genügte.

„Auf dem zweiten Planeten, der anderen Welt, Narnia, steht ein mächtiger Sender. Er ist abgeschaltet. Wenn ich ihn erreiche, rufe ich meine Heimatwelt ARKON. Von dort kommen Schiffe, die größer sind als dieser Stahlzylinder. Sie werden die Barbarei sehr schnell beenden, ebenso wie die Gladiatorenkämpfe, die Krankheiten und diese verfluchte Sklaverei – und alles andere. Dafür aber haben die Barbaren von Larsafs dritter Welt keine Chance mehr, sich selbst bis zu einem Höchstmaß zu entwickeln und ihren eigenen Weg zu den Sternen zu finden."

Ich machte eine Pause und blickte in Narnias fragende,

große Augen. Goldpünktchen flimmerten in der Iris. Etwas leiser fuhr ich fort:

„Ich habe mir geschworen, vor unendlich vielen Jahrhunderten, den Barbaren zu helfen. Ich habe dies tausendmal getan, von der Pfeilspitze bis zur Landkarte, vom gebrannten Ziegel bis zur Windmühle und zahllosen anderen Erfindungen. Ich habe mehrere Angriffe fremder Eindringlinge allein zurückgeschlagen. Dieser unsichtbare Herrscher, ES, hilft mir dabei. Das heißt, daß ich meinem Vorsatz untreu werde. Aber je mehr ich von der Unfähigkeit der Barbaren sehe, mit einem Mindestmaß an Vernunft ihr Leben zu führen, dann fällt mir der Entschluß leichter.

Wie auch immer, wir fangen an, das Raumschiff zu bauen. Und vorher kümmern wir uns um die Urenkel unserer Freunde. Auf zur Oase, Arconrik."

„Über das alles", meinte Narnia versonnen, „ist das letzte Wort noch nicht gesprochen. Wir vertrauen auf deine Kunst, Atlan."

„Kunst", entgegnete ich voller skeptischer Ironie, „kommt von Können. Käme Kunst von meiner augenblicklichen Fähigkeit des Denkens, hieße sie voller Berechtigung *Dunst.*"

Von Tag zu Tag ging es mir besser. Wir überprüften unsere Ausrüstung. Rico schickte drei große Container voller Packen, Fässer, Kisten und versiegelter Ballen 9635 römische *pedes* hoch zur Oberfläche.

Endlich konnte ich mich richtig bewegen und hatte alle meine Kräfte zurück. Immer wieder ließen wir die Bilder von der Oase auf die Schirme projizieren. Wir erkannten die wenigsten Bewohner. Die Oase war größer geworden, es wohnten mehr Menschen dort, sie alle waren weitestgehend gesund und reich, und nach wie vor standen zwischen den dicken Baumstämmen die seltsamen, an ägyptische Statuen und Götterbildnisse erinnernden Werke, die unsere Gesichter trugen. Arconriks „Museum der Technik und Erfindungen" war fast unverändert, was bewies, daß unsere Bedeutung in der Oase nicht vergessen worden war. Vor zwei Jahren hatten sie Ekrala begraben.

Zwei Dinge waren wichtig:

Die Handwerker, die wir zum Bau einzelner Teile des Schiffes brauchten, waren nicht gut genug, und nicht gut genug ausgerüstet.

Und der wahnwitzige Falkner Khach't lebte noch immer abseits der Oase und sah alles (?) durch die Augen seiner Raubvögel.

Im Jahr, als Jerusalem zerstört und der jüdische Aufstand zusammenbrach, betraten wir in vorzüglicher Tarnung und mit einer riesigen Menge Ausrüstung die Oberfläche von Larsaf III.

3.

Wieder einmal mußten wir von vorn beginnen.

In der ersten Nacht brachte Arconrik mit dem großen Schiff, das mittlerweile mehr einem schwebenden Wrack ähnelte, unsere Ausrüstung in zwei Flügen in die Nähe der Oase. Natürlich schwebte ein Falke über den Dünen und dem weißen Kies des Flußbetts.

„Es würde mich wirklich interessieren“, fragte Narnia unruhig, „was ihr zwei Hüter der Welt wirklich vorhabt. Wieder versuchen, einen Caesaren zu stürzen? Oder abermals in der Arena zu kämpfen?“

„Ich schwöre es dir“, antwortete ich und spannte ein Zugseil des zeltartigen Sonnensegels, „daß wir keine solchen Gedanken haben. Wir wollen versuchen, in der Oase genügend Handwerker auszubilden und ihnen die Werkzeuge zu geben, mit denen sie uns helfen können. Und natürlich werden wir einiges für die Bewohner der Oase tun müssen.“

„Pferde, Sklaven, neue Erfindungen?“

„Das alles und noch mehr. Wir waren lange Zeit nicht dort. Wir sind zu einer Legende geworden. Es ist an uns, ihre Freundschaft neu zu gewinnen.“

Der Gleiter lag schräg auf den Steinen des trockenen Flußbetts. Im Schatten eines der wenigen Bäume hatten wir unser provisorisches Lager aufgeschlagen. Es war nicht mehr als ein Zelt, dessen Seitenwände jetzt, um den kühlen Wind auszunutzen, hochgezogen waren. Rund um die würfelförmige Konstruktion waren Teile der Ausrüstung gestapelt. Ein kleines Feuer aus Treibholz brannte unter einem Wasserkessel. Arconrik hatte im Augenblick die schwerste Aufgabe, und ihn erwarteten wir in wenigen Tagen zurück.

„Ihr fangt also an, ein Raumschiff zu bauen.“

Ich nickte.

„Und wir wissen nicht, ob wir es jemals schaffen. Aber wir versuchen es. Niemand sollte uns stören.“

„Ich glaube es erst“, lächelte Narnia skeptisch, „wenn ich auch den Schluß erlebt habe.“

Es wird ein interessantes Experiment sein, meldete sich der Logiksektor, *den Arkoniden ausnahmsweise nicht als Weltumsegler oder als Berater von Königen und Caesaren zu erleben.*

Auch für mich war es ein Experiment.

Meinem Vorsatz, den Barbaren zu helfen, würde ich auf jeden Fall treu bleiben können, wenn auch in einem kleineren und wirkungsvolleren Rahmen. Narnia und ich hatten den Robotgeparden aktiviert. Er umkreiste wachsam unser Lager und schützte uns. Wir verbrachten den Tag damit, im kühlen Wasser des Flusses zu baden, uns zu sonnen und zu schlafen, die köstliche frische Luft zu atmen und uns auf der Oberfläche unserer Heimat wohl zu fühlen. Am Nachmittag summte es in dem breiten Schmuckarmband an meinem linken Handgelenk: Arconrik meldete sich.

Ich nahm Narnia an der Hand, lief zum Zelt und klappte drei der Seitenwände herunter. Ich öffnete eine Truhe, aktivierte den Bildschirm und erkannte nach wenigen Worten von Arconriks Schilderung den nachmittäglichen Sklavenmarkt von Alexandria.

Rico projizierte ein Bild von sich selbst. Er war wie ein reicher Römer gekleidet, von vier jungen, breitschultrigen Numidiern begleitet. Er trug einen unsagbar blasierten Gesichtsausdruck zur Schau. An seinen Fingern funkelten sieben Ringe, von denen einer protziger war als der benachbarte. Leise sagte er:

„Atlan Demetrion! Ich habe einen günstigen Tag herausgefunden. Heute gibt es den größten Sklavenmarkt des Jahres. Du wirst sehen können, daß die Käufer nicht zahlreich sind, das Angebot indessen ziemlich groß. Ich sondere nach unseren Bedürfnissen aus."

Wir hatten genügend Münzen hergestellt. Sie waren von echten goldenen Münzen nicht zu unterscheiden, und, obwohl wir damit die Sklavenhändler vorsätzlich betrogen, würden sie es schwerlich jemals merken.

„Ich verlasse mich auf dich", sagte ich. „Sonst irgendwelche Neuigkeiten?"

„Ich habe auch schon die Pferde eingekauft. Man bringt sie zum Treffpunkt."

„Gut. Lasse es nicht zu lange dauern."

„Ich will heute nacht noch aufbrechen. Alles ist bedacht. Du siehst und hörst, was ich sehe und höre."

Wieder einmal konnten wir das häßliche Spektakel beobachten, wie Menschen, die in die Gewalt anderer Menschen geraten waren, meistbietend versteigert wurden.

Die Stadt begann, als sich die ersten Schatten verlängerten, zu pulsieren. Die Händler öffneten ihre Stände. Wasser aus den sprudelnden Brunnen wurde auf das Pflaster geschüttet, verdunstete und kühlte den Platz. Ein kühler Seewind ließ die Kronen der Palmen und der Tamarisken rascheln. Die Sonnensegel über der Rampe flatterten. Gruppen von Müßiggängern bildeten sich und zerstreuten sich wieder. Die Gelehrten aus der Bibliothek diskutierten mit überlegenem Lächeln ihre jüngsten Erkenntnisse und dachten nicht einmal daran, sie dem Volk weiterzugeben. Auf der Rampe wurden Pulte aufgestellt. Männer mit Stricken und Peitschen stolzierten mit wichtigtuerischer Miene über die Steinplatten. Auf den Balkonen und in den Fenstern zeigten sich die ersten Zuschauer.

Unter dem Bogen, der den südlichen Rand des Platzes abgrenzte, entstanden Gemurmel und Bewegungen.

Ein Römer in schneeweißer, goldgeränderter Toga, sechs einhalb römische Fuß groß, ein dickes Goldband um die Stirn, schritt auf stiefelartigen, geschlossenen Sandalen heran. Vor ihm, in weiße Tuniken gekleidet, gingen zwei numidische Sklaven, die an vergoldeten Griffen eine kleine Truhe hinzwischen sich schleppten. Das Gefäß, in dessen Schloß ein Schlüssel steckte, war schwer.

Hinter dem Römer, an dessen Unterarmen in kostbaren Lederfutteralen zwei Dolche mit juwelenbesetzten Griffen steckten, die Spitzen zum Ellenbogen, gingen im gleichen Schrittmaß zwei weitere Sklaven. Sie trugen dünne Stricke und Peitschen.

Die Haut des Römers war eine Spur dunkler als sonnengebräunt. In seinem schmalen, von männlichen Falten durchfurchten Gesicht blitzten sonderbar grüne Augen. Er bewegte sich mit der unbewußten Selbstsicherheit eines Mannes von großer Macht, ebensolchem Reichtum und kühler Klugheit. Die Männer wichen vor ihm einige Schritte zurück, die Frauen warfen ihm begehrliche Blicke zu.

Fünf Schritte vor der Rampe, die zwischen schlanken Säulen verlief und fünf Fuß hoch war, blieb er stehen und wandte sich an einen der Männer, die unverkennbar Knechte der Sklavenhändler waren.

„Ich bin Arconrik Carra“, sagte er mit der Stimme eines Senators „Und ich reise. Ich brauche eine gewisse Anzahl Sklaven. Es ist müßig, mir mindere Qualität überhaupt erst anzubieten.“

Der Knecht geriet ins Schwitzen unter dem kalten Blick des Mannes. Er verneigte sich und brachte heraus:

„Es sind junge Knaben hier, Herr, und junge Mädchen von erlesener Schönheit..."

„Wann werde ich sie sehen können?"

Seine dunkelhäutigen Sklaven brachten Klappstühle, säuberten rund um seine Füße den Boden, sprengten Rosenwasser auf die Steine und bildeten ein schützendes Viereck um ihn, als er sich setzte und seine langen Beine übereinander schlug.

„Von mir aus könntet ihr anfangen", sagte der Römer. „Übrigens: ich zahle in gutem Gold. Für gute Ware. Sage dies deinen Herren oder wer immer an mir zu verdienen beabsichtigt."

Niemand kannte ihn. Die abenteuerlichsten Vermutungen wurden leise geäußert. Bald wußte man, daß er vor den Stadttoren in dem Westflügel einer Karawanserei wohnte und vor wenigen Tagen mit der Raffinesse eines achtzigjährigen Roßtäuschers vierzig Pferde ausgesucht, zwanzig von ihnen geritten und alle in Gold gezahlt hatte.

Man wollte auch etwas von einem Sattel und merkwürdigen Ringen erfahren haben, in die er seine Füße gesteckt hatte. Es kamen nicht oft solche reichen Konsuln nach Alexandria, und schon gar nicht beschäftigten sie sich in dieser Form mit dem Ankauf einer derart schnelllebigen Ware wie Sklavinnen und Sklaven.

Sieben Händler verkauften an diesem Nachmittag Sklaven, von Halbwüchsigen bis hinauf zu Fünfzigjährigen, die weitaus billiger zu haben waren. Sie stürzten aus den Quartieren hinter den Türen und Vorhängen auf die Bühne, sprangen die Treppe hinunter und redeten auf Arconrik Carra ein. Er machte eine Bewegung, als wolle er einen Schwarm lästiger Fliegen verscheuchen, und sagte hart:

„Ich bin nicht hier, um Diskurse zu gewinnen. Ich will kaufen, und das ohne unziemlichen Aufenthalt. Denkt daran – jede Ware verdirbt. Wenn niemand etwas dagegen hat, sollten wir diese Auktion hinter uns bringen."

Sie versicherten, sich zu beeilen, und als sie zurückhasteten, stritten sie sich schon darüber, wer anfangen dürfte. Ausnahmslos wirkten sie wie die Geier auf einem Aas.

Schließlich stellte sich einer ans Pult, las seine Wachs täfelchen und schrie dann:

„Zuerst die Knaben. Geschaffen, zu dienen, der Lust oder als Weinschenk, die Haut wie kühler Balsam, langes Haar, um sich die Finger abzutrocknen, gesund und unverdorben..."

Carra griff in sein Gewand, holte eine weiße Tafel aus dünnem Holz hervor und einen Stift. Er malte blitzschnell Zeichen auf die Tafel. Jene, die sich auf Zehenspitzen stellten und über seine Schulter mitzulesen versuchten, erkannten nicht einen Buchstaben. Er schnippte mit der rechten Hand und deutete auf die Rampe. Die beiden Numidier mit Peitschen und Seilen sprangen hinauf und begutachteten die Angebotenen. Mit dem einen oder anderen sprachen sie leise, untersuchten die Körper, ließen sich die Zähne zeigen, prüften Muskeln und den Bau der nackten Körper, bemerkten die Spuren von Entbehrungen und Peitschen.

An diesem Nachmittag wurden zweihundertneun Sklaven angeboten.

Hin und wieder steigerte einer aus der Menge mit, die sich am Fuß der Bühne gebildet hatte. Händler verkauften Wein und kaltes Wasser, allerlei Zuckerwerk und geröstete Nüsse. Der Geruch nach Schweiß und Angst mischte sich mit der würzigen Seeluft. Gespräche flammten auf und verstummten wieder. Irgendwo schrie jemand. Ab und zu ein Stöhnen, wenn die Peitsche der Knechte einen widerborstigen Sklaven traf.

Junge Mädchen, junge Burschen von ausgesuchter Schönheit wurden gezeigt. Ununterbrochen nannten die Händler Preise, die Arconrik schweigend niederschrieb.

Junge Männer, die hastig mit den Gehilfen des reichen Römers sprachen und einen verstörten, hoffenden Ausdruck in den Augen hatten, als man sie wieder wegführte.

Frauen, denen man ansah, daß sie ein arbeitsreiches Leben gewohnt waren. Mütter mit Kindern jeden Alters. Faltige Greise und Greisinnen. Riesige, muskelstrotzende Numidier. Menschen von hellerer Hautfarbe und mit glattem Haar. Sie waren schicksalsergeben, trotzig, wütend, niedergeschlagen, starr vor Resignation, blickten listig, weinten und schluchzten, stießen wilde Flüche aus und bekamen die Peitsche. Arconrik betrieb sein Geschäft mit leidenschaftsloser Kälte. Seine Sklaven glichen ihm. Man flüsterte, daß er sie, bevor er die Pferde gekauft hatte, von einer Sklavenkarawane übernommen hatte. Er schien mehr als reich zu sein.

Reichtum, auf diese Art zur Schau getragen, verblüffte sogar die Alexandrier, die vieles kannten und gewohnt waren.

Hin und wieder machte Arconrik einen Strich, ein anderes Zeichen, eine seltsam schlangenförmige Figur auf seiner Tafel.

Es wurde später und dunkler.

Ein Teil der Menge verlief sich. Endlich, als noch eine Handvoll ausgemergelter Neger aus den Gewölben getrieben wurde, stieg Carra auf das Podium und winkte die Händler herbei.

„Von dir, Neffe der Habgier“, sagte er unter dem Gelächter der Umstehenden und deutete auf denjenigen, der zuerst seine Angebote gemacht hatte, „kaufe ich folgende Sklaven. Die Nummern... die Namen... und über den Preis verhandeln wir mit leisen Stimmen.“

Er nannte, ohne mehr als einen flüchtigen Blick auf seine Aufzeichnungen geworfen zu haben, Nummern und Namen und kurze, treffende Charakterisierungen. Acht Sklaven wurden herausgeführt. Einen schickte Carra wieder zurück und warnte den Händler, ihn betrügen zu wollen.

Einem aufmerksamen Beobachter wäre es nicht entgangen, daß die Gekauften entweder besondere handwerkliche Fähigkeiten hatten, jung und vielversprechend wirkten, daß sie so wirkten, als hätten sie Bauernhöfe bewirtschaftet oder Metall bearbeitet. Kurz: es waren Menschen, die mit den Helfern des Römers geredet und ihnen gesagt hatten, was sie konnten.

Sie wurden aneinandergefesselt und stellten sich im Hintergrund der Bühne auf, hungrig, in Lumpen gehüllt und eine winzige Spur neue Hoffnung im Blick. Arconrik handelte nur kurz, rief etwas, und ein Sklave brachte eine abgezählte Menge Goldstücke.

Sklaven und Gold wechselten den Besitzer.

Sechsmal wiederholte sich noch dieser Vorgang. Achtundvierzig Mädchen, Jungen, Frauen und Männer wurden gekauft. Die Kinder von drei Frauen erhielt der Käufer als Dreingabe. Die Mütter begannen vor fassungslosem Glück laut zu weinen. Wieder winkte Arconrik den Händlern. Sein Sklave brachte eine Weinamphore und Becher. Die Gruppe versammelte sich auf der Bühne.

„Und für mich selbst", sagte Arconrik bedächtig, „habe ich deine Sklavin, Bruder des Schakals, ausgesucht. Sie heißt Usha Tizia. Ich zahle drei Goldstücke."

Auf den günstigen Abschluß wurde Wein getrunken. Die Knechte, durchwegs rohe Gestalten mit Gesichtern, die zugleich mit dem Beruf der Besitzer abgestumpft waren, brachten eine erstaunliche Gestalt ins letzte Licht des späten Nachmittages.

Eine hellhäutige Negerin, schlank und fast so groß wie der Römer, mit wohlgeformten Brüsten und hüftlangem, kaum gekräuseltem Haar. Ihre Augen waren bemerkenswert groß und wieselflink. Sie war höchstens fünfzehn Jahre alt; ihr Rücken trug die Spuren der Peitschenschnüre. Sie strahlte etwas Besonderes aus. Niemand war sich darüber klar, was es wirklich war. Zum erstenmal lächelte der Römer, wandte sich an die Sklavin und sagte:

„Die anderen habe ich für meinen Herrn gekauft. Dich kaufte ich für mich. Niemand sonst wollte dich haben. Ich bin sicher, daß morgen schon für dich ein neues Leben beginnt."

Jeder, der diese Szene beobachtete, dachte sich etwas anderes. Der Römer und Usha Tizia überragten jeden Anwesenden um mehr als einen Kopf. Die Negerin senkte den Kopf und hob die Schultern. Unter langen Wimpern schoß sie einen prüfenden Blick auf Carra ab, der gänzlich ungerührt blieb, seinen Preis zahlte und den Becher leerte.

Er sagte zu seinen Sklaven:

„Bringt sie schnell dorthin, wo wir wohnen. Ich bin in Eile."

Einige Atemzüge später wurden neunundvierzig Sklaven, in vier Gruppen aneinandergefesselt, durch die halbe Stadt getrieben und in die Richtung der Karawanserei. Die Goldkassette wog nicht mehr ganz so schwer. Jenseits des Torbogens bestieg Arconrik Carra sein Pferd, einen riesigen, breitgebauten Rappen mit weißer Stirnblesse und weißen Vorderbeinen.

Obwohl die Gerüchte noch lange anhielten, sah man ihn in Alexandria mehr als ein Jahrhundert lang nicht mehr.

„Natürlich habe ich mir, um deiner Frage zuvorzukommen, schönste Narnia, bei allem etwas gedacht", sagte Arconrik, während die Bilder dunkel zu werden begannen. Wir hörten jetzt nur noch seine Stimme. „Ich hoffe, daß ich morgen bei euch bin."

„Du hast dir eine Freundin gekauft", stellte ich, tief verblüfft, mit unsicherer Stimme fest.

„Dies war meine Absicht. Ich werde sie heute nacht ins Schiff bringen und halbwegs vorbereiten. Die Hauptarbeit hast du morgen. Ich melde mich rechtzeitig."

„Verstanden", sagte ich. „Lasse die Funkverbindung stehen und gib ab und zu einen kurzen Bericht."

„Es ehrt mich, Atlan Demetrion."

Er mußte sich etwas gedacht haben! Ein Robotergehirn, sagte ich mir, tut nichts Unlogisches. Der Gedanke, daß ein Roboter von ARKON eine Freundin oder gar Geliebte aus der Barbarenwelt nahm, war so absurd, daß er schon wieder originell war. Ich beschloß, zu warten. In dieser Nacht würde Arconrik mit seinen vier Helfern und Sklaven Essen und Wein geben. Der Wein enthielt ein stärkstes Schlafmittel. Mit dem „Schiff", das wir wieder aus dem Sandversteck befreit hatten, brachte er sie hierher. Dann verlud er die Pferde und machte mehrere zusätzliche Flüge. In einem Viertelmond etwa konnten wir die Oase erreichen.

„Fast ein halbes Hundert erfolgversprechende Menschen", sagte ich. „Die Bewohner der Oase werden auf eine harte Probe gestellt."

„Wie jeder", bemerkte Narnia, „der Glück hat, es mit dir zu tun zu bekommen."

Ich zog sie an mich, lachte und antwortete:

„Der Fluch der Klugheit ist es, daß mit ihr zugleich die Kritikwilligkeit wächst, Liebste. Was hast du als Abendessen gedacht?"

„Du kennst die Vorräte. Entzünde einige Lichter und sage mir deine Wünsche."

„Sofort."

Es wurde eine Szene voll von surrealistischer Eindringlichkeit. Um uns herum war Sandwüste; völlig einsam, nur durchfurcht von der Spur des Robotgeparden Xandar. Über uns der schwarze Himmel voller riesiger Sterne. Zwei Bogenschuß weit rauschte der Fluß. Das Feuer loderte, große Flammen aus Gaspatronen beleuchteten die Leinenwände des Zeltes und gaukelten mit den Schattenspielen. Wir aßen Braten, gewürzt mit Salz und Kräutern, Früchte und Brotfladen, Käse und Butter, und dazu tranken wir schweres, dunkles Bier. Für jeden sichtbar – aber da gab es niemanden! – bewegten wir uns in der kleinen Zone aus Helligkeit, ohne Furcht und in der Erwartung einer schwierigen, aber guten Zeit. Es war seltsam: allein der Gedanke, hier in Ruhe arbeiten zu können, ohne daß ich mich in die Auseinandersetzungen der Barbaren untereinander mischen wollte, erfüllte mich mit starker Vorfreude.

Wir aßen, tranken, blickten in die Sterne, und ich zeigte Narnia über dem Horizont den Stern, der ein Planet war, auf dem das Gerät stand, mit dem ich die Flotte ARKONS herbeirufen würde... eines Tages. Das Feuer brannte nieder, ich löschte die Flammen, bis nur noch eine übrig war. In der Wüste waren die Nächte sehr kühl. Wir verkrochen uns unter die Decken und liebten uns. Wir schliefen, jeder in den Armen des anderen.

Der Schrei eines Falken weckte uns vor Mittag.

Ich stand auf, trank kalten Tee und ging hinunter zum Wasser. Vom Kamm einer Düne, goldgesprenkelt und wachsam, blickte mich der Gepard an. Xandars Programmierung war darauf abgestimmt, uns schon durch seine Haltung zu signalisieren, ob es Gefahren gab. Ich winkte ihm; alles war ruhig. Die Ankunft von Arconrik stand kurz bevor. Zweimal hatten seine Meldungen mich geweckt. In kurzer Zeit würden wir uns um insgesamt dreiundfünfzig Sklaven zu kümmern haben.

In meinen Überlegungen reifte ein Plan heran, der auch den Falkner einbezog. Dieser Mann, mit größter Sicherheit ein Androide von Wanderer, also ein Spion von ES, mußte mir helfen. Natürlich würde er es tun. Ich wußte nur noch nicht genau, auf welche der vielen möglichen Weisen ich ihn benachrichtigen sollte.

Gerade, als ich mich abgetrocknet und angezogen hatte, meldete sich zum letztenmal der Roboter Arconrik.

„Wir kommen, Atlan. Es gibt Arbeit."

„Verstanden."

Über die Dünen schob sich der Bug des Schiffes. Dann schwebte es über die sandige Ebene und warf einen schwarzen Schatten. Der Mast war zersplittert, die Rah und das Tauwerk fehlten, und Arconrik stand im Heck und steuerte. Vor ihm saßen zwei seiner Diener, und zu meiner Überraschung erkannte ich Usha Tizia, die sich an der rissigen Reling festhielt. Der wuchtige Gleiter ging tiefer, bis der mürbe Kiel fast auf dem Sand schrammte. Arconrik lenkte das Schiff, an dessen Planken nur noch die großen Augen und die Lettern deutlich zu erkennen waren, bis in den Schatten. Langsam ging ich darauf zu und wartete, bis sich der Rumpf tief in den lockeren Sand gesenkt hatte. Die Negerin war übermüdet, verwirrt und desorientiert. Arconrik winkte seinen Helfern. Sie klappten eine breite Planke herunter. Ich rief:

„Ihr habt einen langen Flug hinter euch. Der Tee ist gleich fertig."

Einer der wenigen Vorteile des Römischen Imperiums war, daß die Umgangssprache innerhalb der Grenzen gleich war. Örtliche Sprachen und Dialekte wurden von den Eroberern erstaunlicherweise zugelassen. Die zwei Diener und Usha verstanden mich also gut.

Arconrik half dem Mädchen herunter. Ich legte meine Hand auf ihre Schulter und hörte in meinem Rücken die Schritte Narnias.

„Das sind Demetrion Atlan", erklärte Arconrik, „und seine Freundin Narnia. Sie war vor langer Zeit eine Sklavin wie du. Ich habe dich gekauft, weil ich so viel Arbeit habe, daß ich jemanden brauche, der mir nicht von der Seite weicht und mir hilft. Bis du alles kannst, was ich verlange, wird es seine Zeit brauchen."

Mit einem prüfenden Lächeln sagte Narnia:

„Ich werde dir dabei helfen. Keine Angst. Alles, was du erlebt hast und noch erleben wirst, ist erklärbar."

„Ich... es ist zuviel. Ich verstehe nichts. Der Römer dort, er hat mir gesagt... wo bin ich?"

„Weit weg von Alexandria. Komm!" sagte Narnia. Arconrik und die beiden Numidier schleppten die schlafenden Sklaven aus dem Schiff und legten sie im Schatten des Baumes auf Decken. Ich schaute zuerst, sprachlos vor Überraschung, Narnia und Usha nach, dann wandte ich mich an Arconrik. Ich schaltete das Multifunktionsgerät ab und sagte:

„Usha Tizia soll deine Helferin werden? Wissenschaftliche Beraterin? Ich glaube, die lange Ruhe in der Kuppel schadet deinen Positronen!"

Rund um das kubische Zelt begann es auszusehen wie nach dem Überfall auf eine Handelskarawane. Arconrik schüttelte den Kopf. Er trug eine junge Mutter über die Planke herunter. Die Frau hielt ihr schlafendes Kind an sich gepreßt.

„Es ist so, wie ich sagte. Vergiß nicht, daß wir eine Arbeit vor uns haben, die wir nicht in vollem Umfang abschätzen können. Ich kann zwar vierundzwanzig Stunden lang arbeiten, aber nicht länger. Sie soll mir alle Kleinigkeiten abnehmen. Du weißt ebenso gut wie ich, daß der Tag in der Oase aus mehr besteht als aus Konzentration auf unsere eigene Arbeit. Sie wird es schaffen, denn sie hat die drei besten Lehrer, die es auf Larsaf Drei gibt."

Jetzt schüttelte ich den Kopf. Er hatte recht. Noch eine Aufgabe. Daß die Barbaren, wenn sie begabt waren und wirklich wollten, erstaunlich lernfähig waren, wußte ich ebenso gut wie er. Ich nickte und erwiderte:

„Wann, rechnest du, sind wir in der Oase?"

„In fünf Tagen. Ich hole die Pferde. Du hast Khach't Nachricht geschickt?"

„Noch nicht. Aber er sieht alles."

Ich deutete nach oben. Jetzt kreisten zwei Falken über unserem chaotischen Lager. Arconrik brachte seine beiden schlafenden Sklaven aus dem Schiff, weckte sie unsanft auf und erklärte ihnen in kurzen Sätzen, wo und wer wir waren. Sie hatten schon länger Zeit gehabt, sich an ihn zu gewöhnen. Während ich das Pergament beschrieb, warf ich immer wieder wachsame Blicke auf Narnia und Usha, auf Arconrik und seine vier Helfer. Sie rüsteten sich mit Waffen aus, die wir mitgebracht hatten – originale Waffen aus unseren letzten Abenteuern. Kurze Zeit später kletterten die fünf an Bord und verschwanden samt ihrer Ausrüstung.

Ich tippte auf ein Schmuckfeld des Armbands. Einige Atemzüge später lief der Gepard zwischen den Sklaven, die sich vereinzelt zu bewegen begannen, hindurch und blieb vor dem Zelt stehen. Ich rollte das Pergament zusammen und winkte ihm. Ich zeigte ihm auf der Karte den Weg bis zu Khach'ts seltsamem Quartier, weit an der Oase vorbei durch die Wüste.

„Eingeprägt?"

Xandar stieß einen fauchenden Raubtierschrei aus. Dann senkte er den Kopf. Ich schob die Rolle, mit einem Metallband verschlossen, zwischen seine nadelscharfen Zähne und schlug auf die Kruppe des Tieres. Das herrlich gezeichnete Fell war noch weich und ohne Geruch.

„Lauf hin. Und komme zurück, wenn er die Rolle an sich genommen hat. Sein Bild hast du gespeichert."

Wieder ein antwortendes Fauchen.

Dann rannte der Gepard in seinem federnden, weitgreifenden Trab los und ließ hinter sich eine aufstiebende Sandwolke zurück. Ich streckte meine Beine aus und sah zu, wie Narnia versuchte, mit halblautem Gespräch, heißem, gesüßtem Tee und gutem Essen die zukünftige Assistentin Arconriks zu beruhigen und ihr die Scheu vor den vielen neuen und verwirrenden Eindrücken zu nehmen.

Mir blieb die Aufgabe, die anderen Sklaven zu beruhigen. Sie waren zweimal aus ihrem gewohnten Leben gerissen worden. Einmal durch die plötzliche Versklavung, zum zweiten durch einen unbegreiflichen Ortswechsel und noch mehr durch eine Reihe unerklärlicher Vorfälle. Ich ging hinüber zu Narnia und Usha und sah, daß Usha bereits Narnias Stiefel aus fast weißem Leder trug, daß die Striemen der Peitschen von Narnia auf Ushas Rücken perfekt versorgt waren und das Mädchen entspannt wirkte.

„Tizia", sagte ich. „Wie viele Tage warst du mit den anderen zusammen bei den Sklavenhändlern eingesperrt?"

„Viele Tage." Sie zählte an den Fingern. „Zweimal zwölf und einen, Herr."

„Sage nicht ‚Herr' zu ihm", wies Narnia sie im Tonfall einer besorgten Schwester zurück. „Er heißt Atlan oder Demetrion."

„Du willst die kluge und tüchtige Gefährtin meines Freundes Arconrik werden", sagte ich. „Jetzt mußt du mir helfen. Die anderen Sklaven wachen auf. Wir müssen sie beruhigen."

Sie nickte eifrig, und ihre Verwirrtheit löste sich halbwegs, als ihr Narnia die Hand auf den Arm legte.

„Gib ihnen zu trinken, Herr... Atlan. Und Essen. Sage ihnen, was mir deine Freundin erklärt hat."

„Ich sagte, daß sie frei sind, daß sie in die Oase kommen und alles andere, was du ihnen auch sagen wirst."

„Dann hilf mir", bat ich Usha. „Narnia! Wir brauchen Tee und Essen."

„Ich habe schon daran gedacht."

Es folgten einige Stunden, die mich beschäftigten, aber auch verwirrten. Wir warteten, bis sie alle wach waren. Dann schnitten wir als erstes ihre Fesseln durch. Ich sprach mit ihnen; Usha berichtete, wie sie eine unglaubliche Reise hinter sich gebracht hatten. Narnia verteilte heißen Tee, gesüßt mit Honig, verstärkt durch Alkohol. Ich klappte einen Tisch auseinander, öffnete die Taschen mit der medizinischen Ausrüstung und behandelte zahllose Wunden und Peitschenspuren. In diesem Stadium war es leicht, das Vertrauen von knapp einem halben Hundert Menschen zu gewinnen. Usha zeigte, daß Arconrik einen erstaunlich sicheren Blick bewiesen hatte. Sie vergaß sofort ihre eigene Lage und half uns mit großer Schnelligkeit und ebenso sicher.

Schritt vor Schritt: Es dauerte Tage, bis alle Pferde da waren, die Lasten aufgeladen, die Mädchen und Frauen und Männer ihre Scheu verloren und ich genügend Informationen hatte. Dann brachen wir auf. Etwa die Hälfte ritt, die andere belud wieder das Schiff, das diesmal den

Weg über das Wasser des Flusses wählte, und fünf Tage später trafen wir mit dem Gleiter auf Khach't.

Er saß grinsend auf einem Rappen, auf dem linken Unterarm erwartungsgemäß einen Falken mit lederner Haube.

„Willkommen, Demetrion! Alles ist vorbereitet. Es wurde Zeit", rief er. „Viele Menschen bringst du mit – und ebenso viele Probleme, denke ich."

Er heftete seinen Blick zuerst auf Narnia, dann auf Usha, schließlich auf mich. Seit rund zweieinhalb Jahrhunderte wachte er über die Oase. Hinter ihm tauchten aus den niedrigen Dünen, vor den dürren Gräsern am Rand der Oase, etwa fünfzehn bewaffnete junge Männer auf Pferden auf.

„Es freut mich, dich noch immer zu treffen", sagte ich und hielt den Gleiter dicht vor ihm an. „Du hast uns beobachtet. Lange Erklärungen erübrigen sich also. Kann ich auf deine Hilfe rechnen?"

Er stieg ab, noch immer scheinbar alterslos, klein und zäh, voll abgründigen Humors und undurchschaubar. Wir umarmten uns und lachten. Ich war wirklich froh, ihn zu sehen. Mit wenigen Worten klärte ich ihn auf, und er antwortete:

„Seid unbesorgt. In der Oase seid ihr die unangefochtenen Herrscher. Die Erinnerung an euch wird weitergegeben von Geschlecht zu Geschlecht."

„Dann werden sie tun, was wir verlangen?"

„Nicht alles, denn die Sitten sind ein wenig verwildert. Ich habe sie vorbereitet."

Ich begrüßte die jungen Männer. Sie waren freundlich, aber noch voller Mißtrauen. Sie versicherten mir, daß sie alles getan hätten, um uns einen würdigen Empfang zu bereiten. Aber unausgesprochen blieb ihre Frage. Sie lautete: Wer seid ihr, daß ihr Hunderte von Jahren lang, durch die vielen Monde und Tage hindurch, immer wieder hierher kommt. Unsterbliche! Dämonen! Götter?

Eines Tages würden wir die Frage beantworten müssen. Mein Extrasinn flüsterte:

Sie sind kritisch geworden, Arkonide! Sie stellen Fragen. Diese Fähigkeit ist von euch damals, mit Beilarx zusammen, entwickelt worden!

Ein Grund mehr, sagte ich mir, stolz auf unser Wirken zu sein. Wenigstens in einem kleinen, überschaubaren Bereich bewiesen die Barbaren, daß es auch ohne Krieg und Machtgier möglich war, eine menschliche Gemeinschaft aufzubauen.

Die Reiter, Arconrik mit dem Schiff und wir mit dem Gleiter kamen fast gleichzeitig in der Oase an.

Bis tief in die Nacht hatten wir zu tun, um die Ausrüstung ins Haus zu bringen, den Menschen der Oase zu erklären, was diejenigen tun würden, die wir mit uns gebracht hatten, daß wir lange bleiben würden, und daß sie ihr Fest auf den nächsten Abend verschieben sollten. Für die Neuen gab es genügend Platz. Sie wurden herzlich aufgenommen, während man uns mit Scheu begegnete.

Die riesige Wassermühle arbeitete noch immer; sie würde überholt werden müssen. Auch die Windmühlen drehten sich. Speicher und Scheunen waren gefüllt, die Schulen hatten ihre Kinder für diesen Tag weggeschickt. Mit jedem weiteren Schritt sahen wir, daß es der richtige Augenblick gewesen war, wieder eine neue, überraschende Entwicklung zu beginnen. Spät am Abend trafen wir uns in dem überfüllten, ungemütlichen Haus, in einem Raum von Arconriks Museum.

Öllampen, ein lodernder Kamin, hölzerne Sessel, mit Fellen ausgeschlagen, ein kleiner Imbiß und die alten, wertvollen Pokale voll Wein. Ein Kreis müder Gestalten, lang ausgestreckt, gähnend und die Becher in den Händen.

„Nicht einmal in meinen Träumen erlebte ich, was die letzten Tage mir zeigten“, sagte Usha Tizia überraschend klar. Arconrik hob kurz den Arm und entgegnete:

„Wir beginnen in wenigen Tagen, ein Ding zu bauen,

das unendlich wichtig für alle Menschen dieser Welt ist. Morgen wirst du lernen, Zahlen und Buchstaben zu schreiben und zu lesen."

„Morgen abend ist niemand mehr nüchtern genug, um eine meterhohe Zahl zu erkennen", murmelte Khach't. „Mir glauben sie auch nicht, daß ich nicht einer meiner eigenen Söhne bin."

Ich mußte lachen.

„Freunde! Wir haben viel Zeit. Nichts und niemand drängt uns. Mein erster Eindruck von den Menschen der Oase ist, daß sie erstens eine Blutauffrischung in mehrfacher Hinsicht brauchen, zweitens den Kontakt mit Kultur und Zivilisation. Trotz der Handelsstraße, die dort entlangführt."

Wir hatten viele Stunden der Beobachtungen hinter uns, die exakten Höhenbilder mit einem Kartennetz darüber, die Chronologie von Arconriks Beobachtungen und unsere eigenen, von den Computern nachgerechneten Theorien über Werden und Vergehen solcher Siedlungen. Narnia unterbrach lächelnd:

„Auch darüber sollten wir heute nicht mehr sprechen. Ein Wort über Usha, Freund Arconrik."

„Ich höre voller Aufmerksamkeit."

„Sie ist jung. Sie hat ein schlimmes Schicksal hinter sich. Als du nicht bei uns warst, bewies sie, daß sie klug, liebenswert und unendlich tüchtig ist. Ich glaube, sie wird meine Freundin werden."

Arconrik lächelte selbstbewußt. Usha wand sich vor Verlegenheit. Ihr Gesicht glühte vor Stolz. Siebzehn Sommer, so erinnerte sie sich, zählte ihr Leben. Dies in einem Land und einer Kultur, in der Vierzigjährige bereits verbrauchte Greise waren. Rico sagte ruhig einen Satz, der mich schon wieder verwirrte.

„Es liegt ein gutes, aber hartes Leben und Lernen vor ihr. Ich werde alles tun, um sicherzustellen, daß sie wieder bei uns ist, wenn wir uns gebärden wie Unsterbliche."

Narnia und ich sahen uns schweigend in die Augen. Wir erkannten, was der Spruch bedeutete. Arconrik blieb gelassen. Usha verstand den Sinn seiner Antwort nicht, aber sie begriff, daß gewaltige Dinge vor ihr lagen. Sie schaute niedergeschlagen in die Flammen der Öllampen. In zwei Jahren würde sie eine schöne junge Frau geworden sein. Khach't zerbrach die gespannte Stille, als er sagte:

„Ich freue mich auf die nächste Zeit. Es wird sicher lustig mit euch zusammen. Schon heute lade ich euch zum nächsten Musikabend auf den Steintraversen ein."

„Überredet!" sagte ich. Raban der Jüngere, der gewählte Vorsteher der Gemeinschaft aus mehr als eineinhalbtausend Menschen, hob den Arm und fragte:

„Jene freigelassenen Sklaven, Demetrion Atlan, was sollen wir mit ihnen tun?"

„Nehmt sie so bei euch auf, wie eure Väter andere Freigelassene in ihr Herz schlossen. Es sind Handwerker darunter – eure Schmiede, Holzschneider, Bronzegießer und Steinmetzen werden Gehilfen bekommen. Das alles wird langsam vor sich gehen. Morgen? Erst einmal ein Fest, bei dem sich alle kennenlernen. Ich habe mit Freude gesehen, wie eure jungen Reiter den Mädchen glühende Blicke nachgeworfen haben."

„Wer immer die Sklaven befreit hat, er hat scharfe Augen und Sinn für Schönheit!" sagte Raban. Arconrik hob den Pokal und erklärte in einem Ton, der keinen Widerspruch zuließ:

„Natürlich war ich es, Gevatter der Bewässerungsgräben!"

Wir wurden schläfrig und zogen uns in verschiedene Zimmer zurück. Am nächsten Morgen stellten wir fest, daß Arconrik unermüdlich gearbeitet und drei Räume fast vollständig eingerichtet und ausgestattet und die Fächer und Schränke gefüllt hatte. Quer über der Schwelle des Zimmers, in dem Narnia und ich schliefen, lag Xandar mit ausgestreckten Läufen, den Kopf wachsam hochgereckt.

ERINNERUNGSSPLITTER I:

Das „Schiff" war an Land gezogen worden. Es war völlig leer. Handwerker beschäftigten sich damit, es wieder zu reinigen, zu reparieren und aufzurüsten. Jede Stunde brachte neue Probleme: Raum um Raum wurde eingerichtet. Teppiche, Möbel, Vorhänge und große Tische. In den Fächern stapelten wir, unentwegt schleppend und lachend, die Teile der Ausrüstung. Metallbarren und die schartigen Schwerter unserer römischen Abenteuer brachten wir zu den Metallschmelzen. Einige Kranke kamen zu mir und wurden, so gut ich es mit den Mitteln arkonidischer Heilkunst verstand, behandelt. Wir sprachen eine Mischung aus Latein und Altkarthagisch-Punisch.

Narnia und ich suchten uns Pferde aus. Zwei junge Freigelassene kümmerten sich, wenn sie nicht in der Schule lernen mußten, um Zaumzeug, Sättel und die Pferde, die im Stall standen und zunächst einmal mit Spezialfutter versorgt wurden.

Auch Usha Tizia ging zur Schule, lernte einen Griffel zu halten und Lettern zu schreiben, Zahlen im Dezimalsystem zu erkennen und zu rechnen. An einem der ersten Tage schnitt Arconrik ihr Haar, wusch die Läuse aus den Strähnen heraus, wandte eine geheimnisvolle Chemikalie an und machte auf Tizias Wunsch das Haar glatt und „so silbern wie Atlans Haar". Narnia ließ für sich und Usha Tizia Hemden und Röcke nähen und Gürtel anfertigen. Ein Kunstschmied schenkte ihr eine fast doppelt handgroße Schließe, die ein Abbild von Arconriks Kopf (vom Standbild unter den Bäumen) darstellen sollte. Ihre Wunden vernarbten. Die zersplitterten Fingernägel wuchsen. Sie lernte von Narnia, sich diskret zu schminken. Von Tag zu Tag wurde sie schöner und selbstbewußter. Sie lernte mit rasendem Eifer und großer Begeisterung – und dementsprechendem Erfolg.

Und sie lief Arconrik nach wie ein junger Hund.

ERINNERUNGSSPLITTER II:

Unsere Maschinen hatten mehrere tausend Schritt Drähte hergestellt, aus Kupfer, und mit dicker Isolierung aus Kunststoff und in verschiedenen Farben. An die *Ssagia*, die Wassermühle, schloß Arconrik mit der Hilfe der Schmiede den mitgebrachten Generator und die Wechselrichter an. Wir verlegten eine Linie, wohlisoliert und sicher, zu den Bronzeschmelzöfen, die andere zum Hauptplatz, und von dort in fast jedes größere Haus. Glaskugeln mit Kontakten, schlechtem Wirkungsgrad der Platinwendel, dafür aber langer Lebensdauer, wurden aufgehängt. Als sich der Generator drehte und gewisse Schalter umgelegt wurden, besaßen wir helle, elektrische Beleuchtung und ebensolche Energie.

Arconrik verkleinerte den Basaltfelsen abermals. Tagelang arbeitete jeder Erwachsene der Oase mit uns. Wir hoben eine riesige Grube aus und verwendeten das Material dazu, den Staudamm aufzuschütten und bepflanzbar zu machen. Der Boden wurde mit Basaltquadern ausgefüllt, wuchtige Mauern entstanden und wurden mit Erdreich bedeckt. Auch hierher führten bald dicke, in Röhren aus gebranntem Lehm verlegte Drähte.

In der Zeit, in der ich geschlafen hatte, war die Oase nach drei Richtungen um zweihundert Schritte im Radius gewachsen. Die Straße führte inzwischen hinaus in die Wüste und war von wachsenden Bäumen gesäumt. Eines fernen Tages würde sie sich mit dem Karawanenweg kreuzen, der in Nord-Süd-Richtung verlief.

Arconrik beruhigte mich.

„In dieser Halle werden wir genügend Platz haben. Die Flügelenden des Raumschiffs reichen *nicht* bis an die Wände!“

„Ich weiß nur, daß du alles berechnet hast. Pläne kenne ich nicht“, antwortete ich. Die Mauern wuchsen von Tag zu Tag mehrere Handbreit. In die Richtung der freien Wüste bauten wir riesige Tore ein; Konstruktionen aus

Bronzeblech und imprägnierten Balken in Drehlagern aus Bronze.

Inzwischen hatten Narnia und ich mindestens siebenhundert Frauen und Männer mit Salben, Arzneien, verschiedenen Kräutersuden und Binden versorgt. Sie erinnerten sich – auch hier hatten sich einige Familien das Wissen aufgehoben und auf die Herstellung bestimmter Mischungen spezialisiert, die wir ihnen vor Jahrhunderten gelehrt hatten – gut an die Legenden und Anweisungen der „Gründer der Oase".

Schon jetzt waren die Freigelassenen wirklich frei.

Einige junge Mädchen fanden einen Platz in Familien. Die reiferen Männer der Oase nahmen die Witwen mit den Kindern zu Frauen. Die Männer mit handwerklichen Fähigkeiten suchten und fanden Plätze, an denen sie ihre Neigungen vertiefen und ihre Kenntnisse anwenden konnten. Sie arbeiteten für sich, für den Handel und, aus fröhlicher Dankbarkeit, auch hin und wieder für uns.

Zusammen mit den Reitern lief der Robotgepard in weiten Schleifen und Kreisen um die Oase und schützte sie.

Wir besuchten Khach't und feierten mit ihm heitere nächtliche Feste... meine Versuche, über ihn etwas von ES zu erfahren, scheiterten völlig.

Bis zu diesen Tagen hatte keiner von uns das Gefühl, daß eine Katastrophe vorprogrammiert wäre. Arconrik zeichnete mit mathematischer Exaktheit auf mitgebrachte Kunststoffbögen die ersten Pläne für das Sternenschiff. Die Metallschmelzer stellten eine harte, federnde Legierung her und formten Träger. Die Schmiede hämmerten halbkreisförmige Elemente, und mit Bohrern aus Arkonstahl machten sie lange Reihen von Löchern in deren Ränder.

Narnia sagte mir, sie fürchte den Tag, an dem sich Usha Tizia in Arconrik verliebte.

Wir schafften es, vier Träger zu schmieden, mit denen wir die gesamte Breite unserer Halle überspannen konnten. Balken kamen darüber und dünne Bronzebleche. Dann erst konnten wir langsam daran gehen, das Dach der halb unterirdischen Halle mit Sand und Erdreich, pflanzlichen Abfällen und den Samen von Gras ebenso zu bedecken wie mit Schößlingen von Bäumen. Die Halle sollte unsichtbar bleiben.

In die Siedlung führte ein gemauerter Stollen.

Für jeden gefällten Baum, dessen Holz wir zum Brennen und Kochen gebrauchten, pflanzten wir drei neue. Der Fluß führte viel Wasser, die Kanäle wurden gereinigt und verlängert, und schließlich fing die Regenzeit an. Jetzt hatten wir mehr Zeit zum Nichtstun, und alle Arbeiten verlagerten sich ins Innere der Häuser.

Drei Dutzend neue Häuser und Scheunen, Werkstätten und Lager wurden angefangen.

Und die Menschen der Oase schienen zu vergessen, daß ihre eigenen Götter gekommen waren.

In der Halle des Sternenschiffs wölbten sich auf den schmalen Laufschienen, auf denen ein hölzerner Wagen stand, die ersten Teile des Schiffes. Der Kiel war fertig. Konvex gekrümmte Elemente voller Nietenlöcher reihten sich aneinander. Jetzt waren wir dabei, Scheiben aus Glas zu gießen, und die fehlgeschlagenen Versuche entmutigten uns nicht einmal.

Es gab genügend Wein und Bier.

ERINNERUNGSSPLITTER III:

Seit eineinhalb Dutzend Tagen wechselten Blitz, schwarze Wolken, Donner und Regen einander ab. Alles troff vor Feuchtigkeit. Die schwüle Luft lastete über allem und lähmte alles. Mehr als hundertachtzig Tage waren vergangen.

Wieder einmal fühlte ich mich ausgeliefert. Was wußte ich, wie ES seine Androiden-Beobachter ausstattete? Ich stellte mir vor, daß Khach't es durch die Augen seiner verdammten Falken sah, daß ES durch die Augen von Khach't sah, sich in seinem makabren Humor köstlich amüsierte und zu einem Zeitpunkt, da meine Hoffnungen am größten waren, erbarmungslos zuschlug und alles zerstörte.

„Dein Schweigen läßt sich nicht niederschreien, wie?" fragte ich.

Khach't schüttelte stumm den Kopf. Sein Blick glitt über den halben Rumpf des Sternenschiffs, das wie ein Seeschiff mit nadelscharfem, aber waagrecht durchschnittenem Bug aussah. Mit dicken Bändern aus Kunststoff waren einzelne Elemente abgedichtet und mit funkelnden Nieten zusammengeheftet.

„Nein."

„Höre trotzdem zu, du runzliges Objekt eines unsichtbaren Herrschers", sagte ich entschlossen. „Ich weiß nicht, ob das Schiff in fünf, zehn oder hundertzwanzig Jahren zum erstenmal fliegt. Ich will damit die sonnennähere Welt anfliegen und von dort Hilfe für diese Barbaren herbeifunken. Seit mehr als sieben Jahrtausenden bin ich auf dieser Welt! Seit dieser Zeit sehe ich zu, wie sie sich gegenseitg abschlachten. ES hat mich nicht gewarnt, hat mir nichts verboten – das Denken schon gar nicht! –, hat keinen Kommentar abgegeben. Ich will ihnen helfen. Ich habe es satt, bis hierhin."

Ich fuhr mit der flachen Hand quer über meinen Hals. Wir saßen auf zwei niedrigen Montageplattformen, zwischen uns einen Krug und grobe, hölzerne Becher. Immerhin war Khach't so echt, daß er einen guten Schluck niemals abschlug.

„Daß du es satt hast, Atlan – ich versteh's."

„Wie schön. Ich mache hier so lange weiter, bis ES mich anhält. Sage es ihm. Wann hast du das letztemal von ihm gehört?"

„Vor dreiunddreißig Jahren!"

„Also als wir uns das letztemal hier trafen."

„Richtig. Hast du schon einmal darüber nachgedacht, warum dein Zellschwingungsaktivator einmal in deinem Brustmuskel einoperiert, dann wieder frei inmitten deines grauen Haargekräusels schaukelte, heute wieder unsichtbar ist?“ fragte er leichthin. Ich zuckte zusammen. In dem dicken, pappigen Nebel meiner halb vernichteten Erinnerungen hatte ich mich dies mehrmals gefragt. Es gab keine Antwort. Ich murmelte:

„Weißt du mehr als ich?“

„Nein. Mehr als du weiß ich auch nicht. Du magst daraus zu erkennen, mein verzweifelter Freund, daß ich kein Vollstrecker von ES bin. Ein Werkzeug, so wie du.“

„Ein Opfer, der wie ich die Dreckarbeiten macht.“

„So sehe ich es. Deswegen auch mein Hang zu dummen, leichtfertigen Scherzen und die Zuneigung zu den breithüftigen, feurigen und vollbusigen Töchtern des Landes.“

„Willkommen in der Gemeinschaft der ES-Geschädigten“, murmelte ich und stürzte den Rest des Weines hinunter. „Waffenstillstand zwischen uns?“

„Natürlich. Bis sich ES meldet. Dann tun wir wieder, was ES befiehlt. Schläfst du eigentlich mit dieser hochgewachsenen Negerin? Sie sieht aus, als würde sie vor Begehren dampfen.“

„Wenn überhaupt“, antwortete ich ehrlich, „lege ich meine zitternden Arme nur um Narnia. Andere Männer hätte ich wegen weniger dummer Fragen niedergeschlagen.“

„Ich bin weder ein anderer“, entgegnete er kühl, „noch bin ich ein Mann im herkömmlichen Sinn. Vergiß es. Ich wünsche dir und deinen verwegenen Plänen alles nur erdenkliche Glück.“

„Danke. Ich gehe – gehst du mit?“

„Ich bin mit einer der eben erwähnten Töchter in der Fischerkneipe verabredet“, sagte er. „Gehen wir.“

Ich schaltete die Versorgung aus, nahm die Handlampe und ging mit ihm durch den verborgenen Tunnel in die Richtung des aufgestauten Sees. Dort, wo die Fischer anlandeten, gab es einen Steg, viele Boote, Netze und einen Mann, der die Fische briet, Bier und Wein ausschenkte und Suppe verkaufte. Es war, nach einem kurzen Spaziergang aus dem Zentrum der Siedlung, ein beliebter Treffpunkt. Er würde an Zustrom verlieren, wenn wir auch dorthin Drähte verlegten und Helligkeit erzeugten.

Ich trennte mich von ihm, als ich das Licht aus unserem Haus sah. Hinter einem Vorhang erkannte ich die Silhouetten von Usha und Arconrik, die mit vielen Gesten, die Köpfe über einen Tisch mit Pergamenten gebeugt, die Arbeit des nächsten Tages besprachen.

„Denke daran", rief ich Khach't nach. „Ich konstruiere, baue und teste weiter... bis zum bitteren Ende."

Er winkte fröhlich und schlug den Weg zum Damm ein. „Ich werd's nicht vergessen!"

Die Rätsel blieben. Keine Antwort auf viele Fragen. In der halben Dunkelheit blieb ich stehen, drehte mich herum und lauschte. Aus dreihundert Wohnungen schlug ein Stimmengewirr an mein Ohr, die Laute von zahllosen Tieren, das beruhigende Rauschen des nächtlichen Regens. Bis zum bitteren Ende? Die Schwierigkeiten begannen erst nach dem ersten Flug.

Und der Augenblick des ersten Fluges war noch unendlich weit entfernt.

Wieviel Zeit gab uns ES noch?

ERINNERUNGSSPLITTER IV:

Die Siedlung, nur Oase genannt... seit jeher bevorzugten Menschen dieses Planeten die Stadt als Raum für ihr Leben und ihre Tätigkeiten. Alle Kulturen, die ich kannte, hatten ihren Ausgangspunkt in Ansammlungen von mehr und mehr Menschen. Sie trugen den Ausdruck *Stadtkulturen* zu Recht. Die Gemeinschaft bot Schutz gegen viele Arten von Überfällen. Das Leben in Freiheit begünstigte die Arbeitsteilung, und diese Art der Arbeit wurde besser, je länger sie von stets denselben Handwerkern ausgeführt wurde. Der Wohlstand nahm zu, die schöpferischen Kräfte der Bürger wuchsen damit.

Technik und Kunst waren die wichtigsten Ergebnisse

dieser Entwicklung, die sich in der Oase schon seit langer Zeit vollzog. Die Schmiede hatten einen eigenen Zierstil, ebenso wie die Zimmerleute und die Steinmetze. Unsere Standbilder waren ebenso ein Beweis dafür wie zahllose Riegel, Zuhaltungen, Schnitzwerk und unzählige Gebrauchsgegenstände des täglichen Lebens.

Konnte die Oase eines Tages eine eigene Kultur entwickeln?

Würde sich der Einsatz von fünfzehnhundert und mehr Menschen aus vielen Teilen der Meeresküste lohnen? Oder fehlte ihnen inzwischen eine wirkliche Herausforderung?

Sie waren – bis auf Ausnahmen – die Nachkommen von versklavten Barbaren. Der Umstand, daß sie sich hier frei und geschützt fühlen konnten, verhinderte vielleicht, daß sie sich frei entfalteten.

Du kannst nichts anderes tun, sagte der Logiksektor, *als genau zu beobachten und von Fall zu Fall zu reagieren.*

Ich konnte schlecht ein Amphitheater bauen und aus Rom Schauspieler herbeiholen.

Würde ich sie alle für die Idee des Sternenflugs begeistern können? Nicht alle. Wahrscheinlich nur einige. Sie herauszufinden, würde wohl nicht allzu schwer sein. Bei der Vorbereitung mußten wir allerdings mit Götterglauben und Märchen arbeiten, nicht mit exakter Naturwissenschaft.

Ich saß auf der steinernen Bank neben dem Eingang zur Weinkellerei, gegenüber dem Standbild Ekralas. Neun Familien stellten Wein her, lagerten ihn, tauschten ihn gegen Brot und alle anderen Nahrungsmittel ein und bewahrten die getrockneten Trauben in wachsversiegelten Amphoren auf. Sie hatten mir einen glasierten Tonbecher weißen Wein angeboten. Auch dieser Becher trug die unverkennbare Signatur der Oasen-Verzierungen.

Ich trank den Wein in kleinen Schlucken, hatte die Füße auf die steinerne Tischplatte gelegt. Aus der Schmelze ertönte das Zischen einer abgelöschten Legierung.

Schritte näherten sich. Ich wandte den Kopf. Usha Tizia kam näher und setzte sich lächelnd neben mich. Cipora, die Weinwirtin, brachte ihr zugleich mit einem Schwall aufgeregter Worte einen großen Becher Wein.

„Nun? Gutgelaunt? Du wirst von Tag zu Tag schöner“, sagte ich. Sie warf mir unter langen Wimpern einen melancholischen Blick zu. Dann zuckte sie ihre schlanken Schultern. Ihr Haar war ein wenig dunkler geworden und zeigte blaue Schatten im schimmernden Silber. Ihre Stimme, leicht rauchig, wurde noch rauher vor innerem Schmerz.

„*Nun ist schon der Mond versunken*“, zitierte sie. „*und auch die Plejaden. Mitte der Nacht, und die Zeit des Wartens vorüber. Alleine schlafe ich.*“

„Du weißt, was Sappho vor achthundert Jahren geschrieben hat!“ staunte ich. Sie nickte und entgegnete:

„Ich habe viel von Arconrik gelernt. Alles, was ich bis heute lernen konnte.“

„Und du willst mir sagen, daß du enttäuscht bist, weil dir Arconrik seine Liebe nicht erklärt hat. Danke für dein Vertrauen.“

Sie nickte und nahm einen langen Schluck. Es war erstaunlich, was ihr Narnia, Arconrik, die Lehrer in der Schule und auch ich hatten beibringen können. Sie war traurig und schaute mich voller Hoffnung an.

„Ja. Weißt du, warum?“

„Ich weiß es.“

„Sagst du es mir?“

„Er ist so beschäftigt, denkt soviel, vergißt niemals etwas; er kann gar nicht an derart triviale Dinge wie körperliche Liebe denken. Dennoch liebt er dich. Ich kenne ihn seit unendlich vielen Jahren. Er ist zu dir so wie zu mir. Wie ein Bruder, noch besser, wie ein Freund. Ich hatte nie einen besseren. Glaubst du mir?“

Wir sahen uns über den Rand der Becher hinweg in die Augen. Ihre Augen glänzten feucht. Sie kannte mich eineinhalb Jahre und mußte wissen, daß ich die Wahrheit sagte.

„Ich glaube dir. Aber ich verstehe es nicht."

„Richte dich danach. Er ist dein Freund; er würde sonst niemandem an dem gewaltigen Schatz seines Wissens teilhaben lassen. Hast du nicht selbst gemerkt, wie sehr du dich verändert hast? Er würde sterben für dich. Für Narnia und mich, ganz nebenbei, natürlich auch. Aber er wird niemals in der Nacht zu dir kommen und dich lieben. Vergiß es, ein für allemal. Ich bin traurig, daß ich es dir so hart erklären muß."

„Ich werde mir keinen der jungen Männer hier suchen", murmelte sie niedergeschlagen. Ich hatte dieses Gespräch erwartet und mußte ihr die zutreffende Antwort geben.

„Du würdest auch keinen finden, der sich auch nur annähernd mit Arconrik vergleichen ließe."

„Ich bin die jüngste von euch, und die dümmste", flüsterte sie nach einem zweiten Schluck. „Aber das weiß selbst ich."

Ich legte meinen Arm um ihre Schultern und zog sie tröstend an mich. Sie lehnte sich schwer gegen meine Brust. Ich sah, daß ihre Ohrläppchen durchbohrt waren und daß sie Schmuck aus Silber und funkensprühenden Steinen trug, der sich von ihrer hellbraunen Haut auffällig abhob. Richtig! Es gab mehrere Männer in der Oase, die herrlichen Schmuck herstellten. Edle Metalle gab es genug.

„Nichts ist ewig, nichts ist von Bestand", murmelte ich in Ushas Ohr. „Du wirst, wenn wir ein klein wenig Glück haben, an unserer Seite noch vieles erleben. Das meiste davon ist weitaus interessanter als die Liebe eines Mannes – aber das werde nicht einmal ich einem jungen Mädchen erklären können."

„Vielleicht schaffst du es", lächelte sie, während sie die Tränen wegwischte, „wenn du es noch oft genug sagst."

„Schön wär's", brummte ich, stand auf und holte zwei

volle Becher Wein. Um uns herum lief das Leben der Oase ruhig, heiter und arbeitssam ab, trotz des Regens. Ab und zu blitzte ein verirrter Sonnenstrahl durch die triefenden Blätter. Der Fluß stürzte sich rauschend über die steinerne Krone des Dammes. Schweigend, tief in Gedanken versunken, tranken wir den Wein und gingen dann, im Schutz der Bäume und der weit vorspringenden Dächer zu unserem Haus zurück, wo Usha Tizia neben Arconriks Laboratorium zwei Zimmer hatte, die sie langsam mit Möbeln und Gegenständen ihrer eigenen Vorstellungen einrichtete.

An meiner Miene erkannte Narnia, daß etwas Bemerkenswertes vorgefallen war. Sie erwartete uns, schweigend lächelnd, zog Usha mit sich und schloß hinter sich die reichgeschnitzte Tür.

Ich hatte eine Idee, wie wir die Bewohner der Oase für eine gemeinsame Idee interessieren konnten.

Regenzeit. Tage, an denen nur in Innenräumen gearbeitet werden konnte.

Wir schlossen sechs Gleiter- Antriebseinheiten an die Tragflächen und die kurzen Stabilisierungsflächen im Bug des Schiffes an, legten Steuerleitungen, schmiedeten Hebel und Umlenkungen und setzten einige mitgebrachte Instrumente in ein Pult aus Holz ein. Die Konstruktion ließ schon jetzt erkennen, daß sie mit einfachen Mitteln gebaut und ebenso zu reparieren war; für uns eine lebensentscheidende Einzelheit.

An jedem Abend versammelten sich an unserer Tafel einige Bewohner der Oase. Ekralas Sohn war einer der aufmerksamsten Zuhörer. Wir fragten sie, ob sie wüßten, was die Sterne am Nachthimmel wären. Verschiedene verworrene Antworten gaben uns die Möglichkeit, ihnen unsere „Wahrheit" zu berichten.

Es war der Widerschein göttlicher Feuer, die auf Welten wie unserer brannten. Von diesen fremden, phantastischen Welten kamen die Einflüsse, die das Leben der Menschen bestimmten.

Wir sagten unseren Gästen, daß sie diese Erkenntnis an ihre Kinder und Verwandten weitergeben sollten.

Der nächste Fragenkomplex war weitaus schwieriger zu beantworten.

Wie kam es, daß wir vor grauen Vorzeiten erschienen, ein paar Jahre blieben und die Oase erweiterten und aufbauten, dann rätselhafterweise wieder verschwanden, nach Jahrzehnten oder längerer Zeit, völlig unverändert und nicht gealtert, wieder mit neuer Ausrüstung, neuen Menschen und neuen Einfällen wiederkamen.

„Seid ihr Götter, die ewig leben?" fragte Raban der Jüngere. Arconrik schälte langsam eine Frucht, machte mir ein Zeichen und gab langsam und mit sorgfältig gewählten Worten die Antwort.

„Wir warteten schon lange darauf, daß wir dies gefragt werden würden."

„Jetzt *fragen* wir!" beharrte Ekralas Sohn Recha.

„Vor vielen Jahrhunderten schickten uns unsere Herren – ihr mögt sie ‚Götter' nennen – von einer dieser Welten", er zeigte mit der Messerspitze in die Richtung des regenwolkenverdeckten Sternenhimmels, „hierher. Wir sollten den Menschen dieser Welt helfen, sie belehren, die Guten schützen und die Schlechten abwehren oder töten. Das taten wir. Aber die Rückkehr war für uns unmöglich, weil das Schiff für diese lange, unendlich weite Reise zerbrach."

Die Art der Bewegung, die der bootsähnliche Gleiter und das sehr viel größere Schiff ausführen konnten, nahmen die Oasenbewohner mittlerweile hin. Was einen bestimmten Grad an Unverständlichkeit überstieg, schien sich halbwegs im Unsichtbaren abzuspielen.

Sie verstanden, daß Arconrik ein anderes Schiff meinte. Usha Tizia hatte ihre Ellenbogen aufgestützt, hielt Wangen und Kinn mit den Handflächen und blickte Arconrik voll schweigender Konzentration an. Sie hing an seinen Lippen, und jedes Wort schien für sie wie ein Bissen Braten zu sein.

„Erzähle weiter! Es ist zu glauben, was du berichtest."

„Das will ich meinen", begehrte Arconrik auf. „Selbst Beilarx, der legendäre erste Meister der Bürger dieser Oase, unser Freund, glaubte uns alles. Er hatte es einfach: Es war die Wahrheit."

„Du schweifst ab", sagte ich halblaut. Natürlich waren die Einzelheiten seiner Erzählung längst zwischen mir und ihm abgesprochen.

Arconrik holte tief Atem; ein Geräusch, das ihn noch menschenähnlicher machte, und sprach weiter.

„Wir sind also auf dieser Welt gestrandet. Keiner von uns hat das ewige Leben. Immer dann, wenn ein Teil der Arbeit getan ist, werden wir zurückgerufen. Dann liegen wir in einer Höhle, tief im wulstigen Schoß eines Berges, im tiefen Schlaf, ja, man kann sagen, wir sind so gut wie tot. Wenn die Menschen, die sich an uns erinnern, in Gefahr sind – nicht immer geht es so! –, wachen wir auf, packen unsere Ausrüstung zusammen und kommen zurück."

„Das bedeutet vielleicht, daß ihr noch einige Tage hier bleibt und dann geht? Und zurückkommt, wenn wir längst alle gestorben sind, und sich nur unsere Kinder und deren Kinder an euch wie an Sagen und Legenden erinnern?"

Gleichzeitig nickten Narnia, Arconrik und ich.

„Nicht anders ist es."

„Und... der bronzene Vogel in der verborgenen Halle?" wollte Raban wissen. Diesmal antwortete ich.

„Wir versuchen, zusammen mit euch allen, ein Schiff zu erbauen. Es soll uns zurückbringen zu der Welt, von der wir kommen. Aber es ist zum Verzweifeln schwer. Wir müßten durch schreckliche Abenteuer, durch Stürme, Wasser, Sonnenhitze, über die Wüstenei der Gedanken und halbwegs durch das Reich der Toten fliegen. Deswegen werden wir sehr lange brauchen, um dieses Schiff zu bauen. Vielleicht gelingt es uns nie."

Xandar stand auf, schüttelte sich, fauchte und tappte langsam die breite Steintreppe hinunter. Eines der jungen Mädchen, die Arconrik gekauft hatte, goß die Becher wieder voll.

„Aber ihr kennt und wißt so vieles!“

„Es ist nicht genug.“

„Eine weite Reise muß es sein, fürwahr“, murmelte Raban. „Ein fernes Land. Weiter als die Stadt, aus der die Leute kamen, die ihr gebracht habt?“

Ich nickte, winkte ihnen und führte sie in meinen Arbeitsraum. Zwei große Glaskugeln verbreiteten kalkiges Licht. Ich zog sie zu einer der großformatigen Karten, zeigte ihnen die Oase, deren Ausdehnung, den Fluß und die Wüste, das Gebirge und die riesigen leeren Strecken rund um dieses Gebiet. Sie begriffen nach vielen Erklärungen. Als ich ihnen sagte, daß unser bronzenes Schiff eine Strecke zu überwinden hatte, die tausend mal tausend so groß war wie vom nördlichsten bis zum südlichsten Punkt des Kontinents, schüttelten sie ungläubig die Köpfe.

Recha war von praktischer Natur. Er blieb neben der Tür stehen, hob den Becher und stellte fest:

„Das bedeutet für uns aus der Oase, daß wir dann, wenn ihr eines Tages verschwindet, euer Erbe hüten und beschützen müssen wie bisher? Daß wir alle so weiterarbeiten, als wäret ihr mitten unter uns?“

„Du hörst, Arconrik, jemanden, der dich vollkommen verstanden hat“, schloß Tizia. Ich konnte nur zustimmen. Draußen rauschte gleichmäßig der milde Regen nieder. Unsere Besucher tranken die Becher leer, schüttelten unsere Hände und gingen verwirrt über das glänzende Pflaster, entlang der Leuchtkörper und unter den Dächern zu ihren Häusern und Wohnungen. Von den Gladiatoren, die vor rund dreiunddreißig Jahren mit mir gekommen waren, lebte nur noch einer: der Grieche Kalas. Mit zittriger Stimme hatte er mir erzählt, daß alle meine Kampfgefährten friedlich gestorben waren und er sich ein ebensolches Ende wünschte. Nicht jeder von ihnen hatte eine Familie gegründet und Kinder hinterlassen. Aber sie waren in der Bevölkerung der Oase gut aufgenommen worden und hatten ihren Platz gefunden. Von mir hatten sie oft gesprochen.

Ebenso würde es denjenigen gehen, die Arconrik gekauft hatten – für Tizia erhoffte ich ein anderes Schicksal.

„Wann wirst du zum erstenmal fliegen, Atlan?“ fragte sie. Ich zuckte die Schultern.

„Nach Ende der Regenzeit. In einer Handvoll Tagen also.“

„Allein?“ wollte Narnia wissen. Es befand sich nur ein provisorischer Sitz vor den Kontrollen. Ich nickte.

„Ein erster Versuch. Nicht mehr... es sind noch Tausende von Problemen nicht gelöst.“

An diesem Abend dachte ich aber weniger an das große Vorhaben, als an die seltsamen Lücken in meiner Erinnerung, verbunden mit den Abständen, in denen ich die Oberfläche der Welt besucht hatte. Sicher, innerhalb der Kuppel von hundertzwanzig großen Schritten Durchmesser, die sich als Röhre weit in den Fels hinein fortsetzte, gab es genügend Magazine und Räume, in denen sich gewaltige Mengen Ausrüstung verbargen, und in denen ein einzelner Mensch ohne geringste Mühe versteckt werden konnte. ES hatte wieder einmal gewirkt.

Wußte ES eigentlich, daß Rico in bestimmten Abständen seine Subroboter ausschleuste, um Material und sogar Frischfleisch zu erbeuten? Wenn ES darüber Bescheid wußte, dann reagierte dieses Wesen nicht so darauf, wie ich es mir vorstellte.

„Gehen wir schlafen“, schlug ich vor. „Wenn der Regen aufhört, fängt die harte Arbeit wieder an.“

So war es. Wir hämmerten, drehten Gewinde, glätteten Schrauben und versuchten, einzelne Teile zu verbessern. Die Tore öffneten sich. Ich saß vor den runden Bullaugen, die an vielen Stellen die Rundungen des zylindrischen Körpers unterbrachen. Das Spezialglas und die Einfassungen stammten aus den Kuppel-Vorräten.

Ich bewegte die Gleitersteuerung. Langsam hob sich der schwere Apparat. Er glitt ebenso langsam vorwärts, hinaus in die Helligkeit. Ich zog die Schutzbrille über die

Augen und winkte kurz. Mit Arconrik stand ich in Funkverbindung. Das hohle Gerüst des Schiffes warf einen großen Schatten, der immer kleiner wurde; ich ließ das Gerät schräg aufsteigen. Es war so leicht zu dirigieren wie ein großer Gleiter, wurde schneller und zog in etwa vierhundert Schritt Höhe den ersten Kreis über die Oase. Immer wieder gingen meine Blicke zwischen dem Boden und den Instrumenten hin und her. Die Energiezellen waren prallvoll und lieferten genügend Energie. Ich sah, ganz winzig geworden, die Menschen, die alle ihre Köpfe in den Nacken gelegt hatten. Einige der Erwachsenen und fast alle Kinder winkten herauf. Ich neigte das Schiff mehrmals hin und her und kletterte höher. Ich lehnte mich zurück und versuchte mir vorzustellen, wie ich über die dampfende, heiße Dschungellandschaft des zweiten Planeten schwebte.

Immerhin gab es im Lagerverzeichnis der Kuppel noch einen Raumanzug!

Ob er noch funktionierte, was lebensentscheidend sein würde, wußte ich nicht.

„Irgendwelche Probleme?“ fragte Arconrik. „Sie sind alle voller Staunen und Verwunderung.“

„Keine Probleme.“

Der Antrieb, der für die Gleiter vorgesehen war, konnte das Gerät nur bis in eine bestimmte Höhe bringen. Arconrik hatte ausgerechnet, daß ich viertausend Schritt erreichen konnte. Der Höhenmesser zeigte eintausend. Ich richtete das Ruder gerade aus und schob die Hebel vor. Eine Stunde lang stieg der metallene Vogel, begann abermals in einen weitaus größeren Kreis einzuschwenken und schaffte tatsächlich knapp viertausend Schritt über dem Boden. Die Luft war eiskalt und dünn geworden. Ich richtete die Spitze wieder nach Südost und schaltete, als ich genügend Geschwindigkeit erreicht hatte, den Antrieb aus. Die Konstruktion neigte sich nach vorn und begann den langen Landeanflug. Sie ließ sich gut steuern; ich versuchte zuerst harmlose, dann immer riskantere Manöver. Alle unsere Hebel und Züge funktionierten hervorragend. Die Luft heulte und schrillte entlang der Konstruktion. Die zaghafte Hoffnung, daß ich mit diesem „Ding“ tatsächlich einen vergleichsweise unbedeutenden – für mich gigantischen – Raumschiff-Flug würde unternehmen können, wuchs eine Kleinigkeit. Die Segeleigenschaften waren gut, die Sinkgeschwindigkeit gering. Also würde ich das Schiff auch noch beherrschen, wenn sämtliche Ausrüstung darin war.

Immerhin, das erste und das letzte Zehntelprozent deines Raumflugs kannst du als gelöst betrachten, sagte grimmig der Logiksektor.

Ich mußte wider Willen laut lachen.

„Du scheinst gutgelaunt zu sein?“ fragte Arconriks Stimme aus dem Ohrhörer.

„Aus guten Gründen“, antwortete ich. „Der bronzene Vogel fliegt tatsächlich.“

„Ich sehe dich bereits, als blitzenden Reflex.“

„Das ist meine Hochstimmung, die derart funkelt“, gab ich zurück und sah vor mir, nur durch einen Stützträger und genietetes Metall in zwei unterschiedliche Bereiche geteilt, das herrliche Panorama, in dessen Mitte sich die Oase befand, einsam, geschützt durch trostloses Land und Gebirge, mit der einzigen schwachen Stelle, die der Fluß darstellte. Wieder legte sich das heulende, brüllende Ding in eine Kurve und jagte schräg abwärts. Ich verbrachte die letzte halbe Stunde damit, einen schwierigen Landeanflug zu probieren und beendete ihn, mehr als hochnervös, mit einer Landung auf den drei knarrend ausklappenden und sich verlängernden Landestützen, allerdings mit der Unterstützung der beiden Gleitermaschinen, die in den vorderen Stützflügeln eingebaut waren. Ich blieb einen langen Moment liegen, den Rücken waagrecht, die Knie und Füße hoch über meinem Kopf.

„Immerhin, Arkonide“, murmelte ich, halb zufrieden und ließ den Vogel aus Bronze – ein treffender Name, der allerdings nicht zutraf – wieder in die Waagrechte zurückkippen.

Als ich die Luke aufstemmte, sah ich unter der Menge der Wartenden den Falkner Khach't. Sein Gesichtsausdruck war alles andere als heiter oder ironisch.

Durch den knirschenden Sand stapfte ich auf ihn zu. Umständlich, den Vogel auf seinem Unterarm balancierend, kletterte er aus dem Sattel. Narnia und Tizia rannten auf mich zu und hängten sich an meine Arme. Arconrik machte zustimmende Gesten, und die Handwerker der Oase redeten leise und fast erschrocken miteinander.

„Ich bin nicht hier", eröffnete Khach't den Wortwechsel, „um dir zu auffallenden Taten zu gratulieren."

„Ich sehe es an deinem Gesicht", gab ich zurück. „Was ist los?"

„Unser Herrscher ist aus dem Dunkel der vergessenen Jahre aufgetaucht. Er sprach zu mir. Zu dir nicht?"

Ich schüttelte den Kopf. Ich hatte nicht den winzigsten Impuls wahrgenommen. Ein Gefühl kommenden Unheils beschlich mich.

„Was sagte er? Was diktierte ES?"

„Bitter, Arkonide. Ihr werdet viel Zeit haben, über die Inneneinrichtung nachzudenken. ES warnte mich. Es würde sich in der Oase binnen weniger Jahrzehnte eine geschlossene, isolierte Zivilisation bilden, wenn ihr euren Aufenthalt länger ausdehnen würdet. Licht aus Elektronen, zahllose neue Fertigkeiten und Erfindungen, die keine sind. Und schließlich noch ein Sprung der Technik, alles, was mit diesem Vogel zusammenhängt – ES ist mürrisch und außerordentlich grämlich."

Ich fragte:

„Das bedeutet, daß wir freiwillig in den langen Schlaf zurückgehen sollen? Ehe ES ungeduldig wird und uns mitten aus der Arbeit herausreißt?"

„Ich sehe es so."

Eine Chance für Tizia! sagte der Logiksektor erfreut.

„Wieviel Tage haben wir noch?"

„Es gab keine genauen Anweisungen. Fünf, sage ich. Höchstens sieben. ES läßt nicht mit sich spaßen."

„Wem sagst du das."

Narnia begriff, Tizia wußte nicht, worum es ging. Arconrik hatte jedes Wort verstanden und blieb erstarrt stehen. Ich wagte noch nicht, in Ruhe nachzudenken. Ich war aus einem Traum herausgerissen worden, aber auch das bedeutete für ES nichts. Und ich war es gewohnt. Mit einer Stimme, die vor Enttäuschung rauh geworden war, sagte ich:

„Gut. In sechs Tagen sind wir verschwunden. Wir tun, was wir können, um es den Menschen hier zu erklären. Der Rest bleibt dir. Wann, denkst du, dürfen wir wiederkommen?"

Er zuckte die Schultern und zeigte dann auf Arconrik.

„Ihr schlaft. Er wird kontrollieren, wann der beste Augenblick ist. Ihr solltet wohl dort weitermachen, wo ihr jetzt aufhören müßt. Es tut mir leid, denn es ist immer eine lustige Zeit mit euch."

„Geht in Ordnung", knurrte ich. „Wir tun, wie immer, was ES will."

Das Ende war lautlos wie der Stillstand der Sonnenuhren. Ich zog die beiden Frauen mit mir und versuchte, meine Enttäuschung herunterzuschlucken. Ich zweifelte nicht eine Sekunde lang an der Richtigkeit dessen, was Khach't uns gesagt hatte. Die Schwierigkeit lag nicht darin, einzupacken und uns mit dem Ende dieses Kapitels abzufinden, sondern in der Schwierigkeit, für eine sehr lange Zeit vorzusorgen. Um mich zu betäuben, sagte ich zu Narnia:

„Du hast alles verstanden? Wir fangen sofort an. Unser Wasserschiff und der bronzene Vogel müssen konserviert werden. Wir fangen, irgendwann, wieder dort an, wo wir heute aufhören. An die Arbeit, Freunde."

Fünfundsiebzig Stunden, von kurzen Schlafpausen unterbrochen, sprachen wir mit den Menschen. Die Erwachsenen unter den ehemaligen Sklaven waren unsere wichtigsten Verbündeten.

Die Erzählungen über unseren Schlaf und die verschiedenen Welten wurden aktuell. Den wahren Sinn begriffen vielleicht mehr Menschen, als wir dachten – oder auch nicht.

Wir gaben das feierliche Versprechen ab, wiederzukommen. Die Freunde, die wir hier gewonnen hatten, versicherten, unser Haus zu bewahren, die Halle des Vogels zu schließen und zu verstecken, so weiterzuarbeiten, wie bisher. Ich erklärte Usha Tizia, daß sie das Große Los ihres Lebens gezogen hätte, denn sie würde bei uns bleiben und bei ihrem geliebten Arconrik.

Ich, der Hüter des Planeten, gab das Signal. Mitten in der Nacht kam der Falkner, brachte einen Tonkrug, angefüllt mit uraltem, edlem Wein. Er verabschiedete uns, ernst und nachdenklich, wie ich ihn noch nie erlebt hatte.

Auch er versprach, „nach dem Rechten zu schauen". Wir kletterten, vier Personen und der Gepard, in den schwerbeladenen Gleiter und flogen davon, ohne jemandem die Hand zu drücken.

Keine zehn Stunden später befanden wir uns nach einer Reise, die Tizia abermals erschreckte, in der Unterseekuppel, in den gewohnten Räumen. Wieder fing die lange Zeit des tiefen Schlafes an.

Wenn wir wieder aufwachten, war es sicher, daß uns Chaos, Desorientierung und neue Aufregungen erwarteten. Rico, menschenähnlicher als je zuvor, würde uns beim Erwachen helfen.

So wie immer.

Nachdenklich, den Blick auf den Bildschirm gerichtet, murmelte Scarron Eymundsson:

„Es muß einundsiebzig nach Christus gewesen sein, nicht wahr, Cyr?"

„Du hast recht. Scarron", pflichtete ihr der Geschichtswissenschaftler bei. „Nach meinen Aufzeichnungen war es zu dieser Zeit, mehr als dreißig Jahre, nachdem Atlan Söldner für Rom wurde."

„Er hat die Römer wirklich nicht gemocht!" stellte Djosan Ahar fest.

„Aber es gab Einzelheiten, die er durchaus schätzte. Die Reichsidee zum Beispiel. Und die Sprache. Und anderes."

Auf Gäa, in der Provcon-Faust, erholte sich Atlan mehr und mehr von den furchtbaren Verletzungen, die er auf Karthago II erlitten hatte. Mittlerweile war er in der Lage, von seinem Ruhesessel im Schatten der Terrasse zu seinem Bett zu gehen. Er schlief länger und länger und verlor seine Selbstversunkenheit. An jeden seiner Freunde, die voller Sorge auf seine endgültige Genesung warteten, hatte er bereits das Wort gerichtet. Aber noch lange war er nicht gesund.

„Ein Raumschiff zur Venus!" staunte Sarough Viss, der Pilot der KHAMSIN. „In Werkstätten der Römer und Punier hergestellt."

„Niemand weiß, ob das Schiff je den zweiten Planeten erreichte", sagte Lavar. „Offensichtlich nicht. Aber Atlan überlebte. Sonst könnte er uns nicht berichten, daß die Flotte Arkons die Erde *nicht* zum zweitenmal in Besitz genommen hat."

„Warten wir", meinte Scarron. „Wir werden erfahren, wie es ausging. Er muß weitersprechen, also werden wir es hören."

Nach einer langen Pause sprach der Arkonide weiter.

Abermals breitete sich ein großes, farbiges und von Leben durchflutetes Panorama vor den Zuhörern aus.

Sie lauschten gebannt dem Anfang des nächsten Abenteuers.

Der Stillstand der Sonnenuhren...

Khach't hatte diesen treffenden Ausdruck geprägt. Der tiefe, lange Schlaf bedeutete ebensolche Erstarrung aller Gedanken und Empfindungen. Wir verbrachten eine unbestimmte Zeit in den dunklen, kalten Räumen der Tiefseekuppel. Die Computer steuerten sämtliche Vorgänge.

Die Energieversorgung war ebenso sicher wie unser Überleben, die Flut der Informationen riß nicht ab. Das einzige Wesen, das scheinbar lebte, war ein hünenhafter Mann mit gebräunter Haut, leuchtendgrünen Augen und schwarzem, lockigem Haar. Er bewegte sich wie ein besonders kräftiger Mensch, der gewohnt war, seine Kräfte mit äußerster Zweckmäßigkeit einzusetzen. Das Wesen, das vor einer noch nicht genau definierbaren Zeitspanne den Namen *Arconrik Carra* gehabt hatte, der Robot Rico, war erstaunlich menschlich geworden.

Menschlich?

Aus einer Handvoll Gigabytes an einzelnen Informationen, die seine leistungsfähige Positronik verarbeitet hatte, waren im Lauf vieler Abenteuer Verknüpfungen entstanden, waren immer wieder Verbesserungen hinzugefügt und Irrtümer umprogrammiert worden. Die Veränderung eines Roboters ging so weit, daß er Vergnügen daran hatte, an aromatischen Getränken zu riechen und ernsthaft zu behaupten, es steigere sein Wohlbefinden.

Es gab keinen besseren Mechanismus als Rico-Arconrik, um auf drei Lebewesen aufzupassen, den Weiterbau des Raumschiffs zu planen, viele Maschinen, teilweise gleichzeitig, entsprechend zu betätigen, die Spionsonden zu dirigieren, auf die Oase aufzupassen, Informationen zu verarbeiten und zueinander in Relation zu bringen und zu speichern, Bildfolgen und Geräusche, Sprachen und Schriften zu analysieren... und das vierundzwanzig Stunden am Tag, 365.26 mal im Jahr und 109.35 Jahre lang.

ES hatte sich nicht gemeldet.

ES hatte zweifellos gemerkt, daß sich die vier aus der Oase und von ihrem Vorhaben zurückgezogen hatten. Nun war genügend Zeit vergangen, sagte sich Arconrik.

Er aktivierte die Kontrollgeräte, die eine Unterbrechung des Schlafes einleiteten. Mit Narnia und dem Gebieter Atlan-Demetrion hatte er keine Probleme. Sein einziges Problem hieß Usha Tizia, zählte (fast genau von ihm geschätzt, nachgerechnet und verifiziert) 18 mal 365.26 Tage mit einer Fehlerwahrscheinlichkeit von max. sechs Prozent.

Die Zeit, bis alle seine Schützlinge an einem Tisch sitzen und bei den Flammen künstlicher Kerzen den Wein trinken und sowohl frisches Obst als auch Gemüse und Braten essen konnten, verbrachte er damit, ihnen die Eckdaten des verstrichenen Jahrhunderts vorzuführen.

Cäsar Titus war gestorben, Domitian löste ihn als Gewaltherrscher ab, Nerva und Trajan folgten, darauf Hadrian, Antoninus Pius, Lucius Verus und, bis jetzt, Marc Aurel.

Kurz nach dem ersten planetengebundenen Flug des Wolkenschiffs aus Bronze zerstörte der ausbrechende Vulkan *Vesuvius* zwei kleine Städte des römischen Staatsgebietes, Herculaneum und Pompeji; mehr als zweitausend Tote. Rom brannte wieder einmal. In Germanien wurden Provinzen gegründet. Rom beherrschte die Welt in weitem Umkreis des Mare. Kundschafter aus dem Land Ch'iin erreichten die römischen Grenzen. Die Religion des gekreuzigten Jesus aus Nazareth verbreitete sich. Mehr als eineinhalb Millionen Menschen lebten im Stadtgebiet Roms. Römische Händler entdeckten erstaunlich weit gelegene Länder und Kulturen. Die Pest wütete im Römischen Reich.

„Kurzum", bemerkte Arconrik, „nichts, das ES dazu bringen würde, dich aufzuwecken, Atlan."

„Also hast du entschieden, uns zu wecken?"

„Ich dachte an das Schicksal deiner geliebten Barbaren, denen du die fragwürdigen Segnungen der ARKON-Flotte bringen willst."

„Auch gut."

Die Computer hatten die Problematik berechnet, das Für und Wider abgewogen und in exakten Zahlen ausgeworfen. Mit Sicherheit war ein geringfügiges Plus *für* eine erfolgversprechende Fortführung der Arbeiten errechnet worden. Rico als ausführende Instanz zog die

Konsequenz. Ich äußerte meine Freude über die Tatsache, ohne die Wichtigkeit einer Mission auf Leben und Tod zur Oase zurückkehren zu können, nicht deutlich. Trotzdem verstand mich diese Maschine, die so unendlich viele Jahre der Einsamkeit mit mir geteilt hatte.

„Nun zur Oase“, sagte ich undeutlich. Zum wievielten Male versuchte mein Körper, seine Kräfte wiederzubekommen? Ich hatte das Zählen aufgegeben. Wie sollte ich auch – meine Erinnerungen waren manipuliert.

„Es wird dir vielleicht nicht gefallen, was du siehst!“

Ich erschrak. Ricos künstliches Gesicht wirkte verschlossen. Er aktivierte abermals die Bildschirme, die Lautsprecher und das faszinierende Spektrum seiner Beobachtungsgeräte.

Wieder schlugen die Eindrücke über Tizia, Narnia und mir zusammen:

Eine Stunde vor der Morgendämmerung.

Zunächst: *Stille und Finsternis.*

Unendlich langsam, ebenso schleichend, wie sich der Himmel mit den wenigen Sternen und dem vollen Mond dicht über den Dünen erhellte, kamen einzelne Geräusche und Laute auf. Nachtwind ließ den Sand silbertönend über die geriffelte Oberfläche der erstarrten Dünenkämme rieseln. Einmal hier, dann in anderer Richtung, dann hinter den Zelten – scharfe, klirrende Geräusche. So klirrten Halseisen, Fußfesseln und Ketten. Grillen zirpten. Das schwere Atmen von Menschen, die im tiefen Schlaf versunken waren. Irgendwo wieherte ein Pferd, einige Männer schnarchten. Aus der rotgesprenkelten Asche eines Lagerfeuers trieb eine Rauchfahne hoch und bildete eine graue Wolke, die in halber Mannshöhe zwischen den eineinhalb Dutzend Zelten schwebte. Die letzten Sterne verschwanden, die Pferde wurden unruhig, das Kettenklirren war jetzt unüberhörbar. Schlagartig hörten die Grillen mit ihren sehnsuchtsvollen Liebesrufen auf. Hinter den Körpern der Pferde schob sich eine Gestalt hervor. Ein junger Mann, gekleidet in eine lederne Halbrüstung und eingehüllt in einen bodenlangen weißen Mantel, griff nach einem Speer, der im Sand steckte, und begann einen langsamen Rundgang. Er war hellwach und bewegte sich fast lautlos. Nur seine Sohlen knirschten im Sand.

Er blieb zwischen den letzten beiden Zelten stehen, warf einen langen Blick auf die etwa zwanzig Männer in Ketten und schaute dann nach Osten.

Das Lager befand sich auf dem Hang einer Anhöhe. Von hier aus hatte der Wächter einen ungehinderten Blick auf die Ausläufer des Waldes, der grünenden Felder und der steppenähnlichen Zone am Rand der Oase. Er sah den breiten Kanal, der sich aus dem Innern der dicht stehenden Baumgruppen bis hierher erstreckte und die große Grube, an deren Rand die Werkzeuge der Sklaven und Arbeiter lagen. Unzählige Wagenspuren durchzogen das Gebiet, in dem riesige Haufen von Steinen lange Schatten zu werfen begannen. Die Geckos gruben sich jetzt, in der Stunde des Sonnenaufgangs, in den Sand ein und suchten vor der kommenden Hitze ihre Verstecke auf.

Schweigende Männer, ähnlich gekleidet und bewaffnet wie der Wächter, tranken kalten Tee, sattelten zwei Pferde und winkten ihm, ehe sie nach Westen in die Wüste hinausritten. Auch sie waren unruhig geworden.

Die nächtliche Kälte der Wüste milderte sich, als die kräftigen Sonnenstrahlen die gesamte Umgebung in grelles Licht tauchten. Sämtliche Gegenstände waren jetzt stechend klar zu erkennen, und das Vorhaben der Leute aus der Oase offenbarte seine ganze, erstaunliche Größe. Ein Sklave richtete sich auf und rief:

„Herr! Tilnemu!“

Mit wenigen Schritten war der Wächter bei der Gruppe der angeketteten Männer. Zwischen Sklaven und Wachen herrschte in dieser frühen Stunde des Tages ein besonderes Verhältnis.

„Was gibt es?“

„Wir haben das Ohr auf der Erde", sagte der Sklave. „Der Sand trägt jeden Laut sehr weit. Es kommen viele Reiter, Herr."

Nachdenklich erwiderte Tilnemu:

„Eure Freunde? Sie werden euch befreien wollen. Ich meine, ihr sollt angekettet bleiben."

Er wandte sich um und handelte schnell und mit großer Sicherheit, so wie er es von seinen Vorgängern gelernt hatte. Binnen kurzer Zeit waren alle Reiter aus den Zelten gestürzt, hatten die Waffen angelegt und die Pferde gesattelt und aufgezäumt. Fünf Reiter galoppierten über den Hügelrücken hinweg in die Wüste hinaus, zwei andere zurück zur Oase. Fünf bewaffnete Wächter blieben im Lager und setzten die Helme auf.

„Sie werden uns überfallen!" riefen einige Sklaven wild durcheinander. Ein Wächter trug Abfallholz zusammen und schichtete es über die Glut. Der Dreifuß mit dem Wasserkessel wurde über die ersten aufzüngelnden Flammen gehängt.

„Uns?" gab ein Bewaffneter zurück. „Sie greifen an, so wie ihr es getan habt."

„Und sie werden mit euch dort weiterschuften!" schnarrte ein anderer.

Die Sklaven waren noch vor zwei Monden Angehörige einer Plündierergruppe gewesen. Zufällig stießen sie auf den Weg zur Oase. Ihr Versuch, die Siedlung zu überfallen, scheiterte an der Wachsamkeit der Reiter und endete in einem kurzen, schnellen Kampf. Drei Tote, zwei Verletzte, und der Rest schuftete am Kanal und dem entstehenden neuen See. Aus der Oase kamen Reiter; einzeln und in kleinen Gruppen. Auch sie waren bewaffnet und näherten sich schnell und ohne laute Geräusche. Ein Reiter kam aus der Wüste zurück und machte Zeichen. Zwölf Bewaffnete, bedeutete dies, fünfzehn Pferde, wenig Tragelasten. Waffen!

Schnell verteilten sich die Reiter in den Schutz der Dünen. Hoch über ihnen kreiste einer der Falken, die wohl zu dem kleinen Mann gehörten, der sie immer wieder besuchte.

„Tilnemu!“ rief wieder der älteste ehemalige Räuber. „Lasse uns frei.“

„Warum sollte ich?“

„Wir kämpfen mit euch. Keiner will fliehen. Bei euch geht's uns gut.“

Tilnemu war einer der Anführer. Die Sicherheit der Oase und der verborgenen Schätze gingen ihm über alles. Er überlegte nicht lange und machte drei Sklaven los. Er löste die Fußfesseln der überraschten Sklaven, öffnete die Halsringe und ein Ende der Handketten. Dann sagte er:

„Ihr alle geht in die Zelte. Ihr drei könnt beweisen, zu wem ihr in Zukunft gehören wollt. Ich stehe dort mit dem Pfeil auf der Sehne. Später reden wir weiter.“

„Einverstanden!“ nickte Kuher. Er packte die armlange Kette mit der Hand und schwang sie. Das Metall pfiff und heulte durch die Luft. Seine Kameraden rannten hinkend und mit rasselnden Fesseln in das Zelt. Wieder breitete sich Ruhe aus.

Zunächst ritten die Fremden im Trab. Es waren wild aussehende, bärtige Gestalten mit zerrissenen Gewändern, auf ungepflegten Tieren und mit schartigen Waffen. Die Straße nach Osten war fast unsichtbar, trotzdem fanden sie den Weg. Sie ritten in den scharf eingekerbten Tälern der Dünen. Plötzlich stieß der braunhäutige Anführer einen scharfen Befehl aus. Die Reiter zwangen die Pferde in den Galopp. Dann bogen sie nach rechts und links ab und peitschten die Flanken der Pferde, die hangaufwärts keuchten. Ihre Hufe versanken tief im Sand, der in breiten Bahnen abwärts rieselte. Die Angreifer zogen Schwerter, hoben Schilde und wirbelten Speere über den Köpfen. Es war eine bunt zusammengewürfelte Bande, mit unterschiedlichen Waffen ausgerüstet, mit kostbarem, geraubtem Schmuck um Arme, Hälse und an Fingern – Räuber, Wegelagerer und von Narben gezeichnet.

Sie tauchten auf den Kämmen der Dünen auf und sahen zum erstenmal den grünen Rand der Oase. Aufgeregt begannen sie zu schreien, aber ein Kommando des Anführers brachte sie zum Schweigen.

„Denkt daran! Sie werden sich wehren!“

Als die Reiter sich am höchsten Punkt der Dünen befanden, als die Pferde die ersten dürren Halme sahen, griffen sie kräftiger aus. Die Rückseiten der Dünen wurden flacher. Die Angreifer zerrten die Packpferde hinter sich her, sie schmeckten den Rauch des Feuers und sahen die Spitzen der Zelte hinter den Hügeln. Noch glaubten sie an einen schnellen Erfolg. Die Pferde stoben den flachen Hang hinunter, gelber Schaum flockte aus den Mäulern. Die Hufschläge begannen dumpf zu dröhnen.

Unvermittelt tauchten von drei Seiten Reiter auf.

Sie bildeten einen lockeren Halbkreis. Pfeile heulten durch die Luft und trafen die Angreifer in die Schilde. Schreie gellten auf. Ein breitschultriger Mann schien aus dem lockeren Sand aufzutauchen, schwang mit der Rechten eine Kette und schlug einen Reiter aus dem Sattel; die Kette wickelte sich um dessen Hals. Ein Pferd überschlug sich und schleuderte den Reiter den Hang hinunter. Er brach sich den Hals, als er gegen einen Stapel grob zugehauener Balken prallte.

Die Reiter, deren Füße in Steigbügeln steckten, warfen ihre Pferde herum und griffen an, ohne daß sie sich verständigten. Sie rammten die Angreifer mit den Schilden von den Pferderücken herunter. Klirrend brachen die Waffen der Räuber, als sie mit dem weißglänzenden Stahl der Schwerter und Klingen der Streitäxte zusammentrafen. Die Räuber waren, obwohl sie vom Erscheinen einer so großen Zahl von Verteidigern fast gelähmt sein mußten, verzweifelt mutig. Sie schlugen wild um sich, aber sie waren binnen kurzer Zeit zu Boden gerissen, überwältigt, entwaffnet und gefesselt. Zwei Pferde, die sich die Läufe gebrochen hatten, wurden blitzschnell getötet.

Tilnemu entspannte den Bogen. Er hatte nicht einzugreifen brauchen. Die drei Sklaven hatten gekämpft, als wäre es um ihr Leben gegangen. Die Angreifer wurden zusammengetrieben, und sie starrten in grimmige, entschlossene Gesichter.

„Wer hat euch gesagt, daß es hier Beute gibt?“ fragte Tilnemu und wog seinen Dolch in der Hand. „Wie heißt du? Wer seid ihr?“

Seine Männer fingen die Pferde ein, sammelten Waffen und Packen ein und verbanden die schweren Wunden und mußten zusehen, wie ein zweiter Räuber zusammenzuckte und starb.

„Am Lagerfeuer haben wir's gehört. Gerüchte. Eine reiche Stadt im Südosten.“

„Ich bin Adsagi.“

„Wir haben uns vor Monden getroffen.“

„Ihr werdet niemals wieder eine Siedlung überfallen“, sagte Tilnemu mit harter Stimme. „Ihr werdet an der Siedlung mitbauen. Ab jetzt habt ihr nur noch das Recht, für geleistete Arbeit Essen, Schlaf und Wasser zu bekommen. Bringt sie weg – dort hinunter.“

Er wandte sich um und sprach zum erstenmal die drei Sklaven mit ihren Namen an.

„Ihr seid frei. Ich bitte euch, diesem Gesindel beizubringen, was ihr gelernt habt. Es wird lange dauern, bis dort unten ein See und ein Kanal entstanden sind.“

Er zog aus einer Gürteltasche einen kantigen Schlüssel und sperrte die kleinen Riegel der Handfesseln auf. Die Reiter aus der Siedlung brachten die Pferde und die wenig wertvolle Ausrüstung weg. Aus der Oase kamen die Gespanne und die Arbeiter, das Essen und Werkzeuge. Eine Stunde später hatte man den Gefangenen die Köpfe und Bärte geschoren. Wachen umstellten die Gräben und das ständig anwachsende Loch, dessen Boden mit fettem Lehm und mit Steinplatten abgedichtet wurde. Es schien, als habe der Alltag wieder Einzug gehalten.

Ich lehnte mich zurück und schüttelte den Kopf. Usha Tizia warf mir einen besorgten Blick zu.

„Ich kann verstehen, daß sie wütend über die Angriffe sind. Aber... Sklaven in einer Gemeinschaft, die fast ausschließlich von Sklaven abstammt! Unglaublich."

„Es wird aufhören, wenn wir dort sind", rief Tizia mit weit aufgerissenen Augen. „Sklaven! In Bronzefesseln! Und Khach't greift nicht ein?"

„Khach't sieht seine Aufgabe hauptsächlich darin, meine dunkle Taube", erklärte Arconrik bedächtig, „zu beobachten und Ratschläge zu geben. Er wird ihnen empfohlen haben, die Sklaven freizulassen, wenn sie sich deutlich erkennbar für die Oase entschieden haben."

„Immerhin", brummte ich, „sahen die angeketteten Männer nicht unterernährt aus. Ich konnte auch keine einzige Peitsche erkennen."

„Auch ein Speerschaft ist nicht ohne pädagogische Wirkung."

Arconrik hantierte mit einer Ansammlung von Kunstpapier-Pergament, dessen Blätter links zusammengeheftet, durch einen biegsamen Lederstreifen und zwei dünne, lederüberzogene Deckel geschützt. Er blätterte gelangweilt darin.

„Was ist das?"

„Dioskurides Pedanius", sagte der Robot. „Griechischer Arzt. Dient in der römischen Armee, beziehungsweise diente dort. Jetzt tot. Ein umfassender Katalog von Giften, Drogen und Kräutern, ‚de materia medica'. Es sind weniger als tausend Anwendungsbereiche. Geschrieben in Latein, Griechisch und Phönizisch, von mir unauslöschlich auf die Folie geprägt und als Geschenk für die Ärzte der Oase gedacht."

„Ausgezeichnet", sagte Narnia. „Und das andere, dreibändige Ding, das auf Atlans Arbeitstisch liegt?"

„Das werde ich später besprechen", versicherte er.

Die gesamte Prozedur der Planung ging zu Ende, wir tauchten mit dem Gleiter und der Ausrüstung auf und machten uns langsam auf den Weg zur Oase. Immer wieder legten wir einen Aufenthalt in einsamen Sandbuchten ein und bräunten uns, schwammen, brieten riesige Fische und bekamen schrittweise wieder das richtige Gefühl für die Bedingungen an der Oberfläche von Larsaf Drei.

Im Sand kauerte Khach't und betrachtete die dünne Spur der Wüsten-Rennmaus. Er hatte sie nachts ausgesetzt, wieder einmal, und jetzt ihre Falle geöffnet.

Das Gerbil besaß ein absolut funktionierendes Heimfindegefühl. Es suchte seinen Schlupfwinkel stets auf dem kürzesten Weg auf. Khach't hatte Hindernisse aufgebaut, die selbst ihn verwirrten; Steine, kniehohe Sandwälle und tiefe, labyrinthische Gräben. Das Gerbil, das fortwährend die Richtungsänderungen seines Weges registrierte, besaß ein Organ, das der Falkner Drehbeschleunigungs-Meßfühler nannte.

„Erstaunlich“, murmelte er. „Ein Umstand, der Atlan ebenso interessieren wird wie andere Erstaunlichkeiten.“

Das winzige Tier hatte abermals seinen Heimweg berechnet. Es raste über den Sand, umging nur die Steinbrocken und bewegte sich fast absolut geradlinig auf das unterirdische Nest zu. Seufzend stand Khach't auf und murmelte:

„Wenn die Menschen ebenfalls einen solchen Sinn für die richtige Richtung hätten, wäre vieles angenehmer. Ich denke, der Arkonide wird es ihnen zeigen.“

Nach dem fünfzigsten Versuch ging er wieder in seine Behausung, um für den reichlich zerzausten Falken ein neues Federkleid zu basteln. Er wußte, daß Atlan und Arconrik wieder dort anfangen würden, wo sie vor mehr als einem Jahrhundert aufgehört hatten. Es warteten mehrere Überraschungen auf die Männer, deren Statuen entlang der Arkadiane standen.

Einige Tage danach wandte sich Tilnemu an Oncusind, Xandars Enkel. Sie saßen nebeneinander auf der steinernen Bank und schauten über den Wasserspiegel des aufgestauten Flusses hinweg auf die Uferbäume. Die Zweige hingen tief ins Wasser. Langsam und knarrend drehte sich die Mühle und kippte unaufhörlich Wasser in die Rinne aus Bronzehalbrohr.

„Alles ist bereit. Wir warten", sagte Xandars Enkel. „Wann kommen endlich die Schläfer aus der anderen Welt?"

„Nicht einmal der Erzähler weiß es. Auch Khach't nicht. Sie werden kommen."

„Weißt du", meinte der etwa dreißigjährige Mann, der seit einem Jahrzehnt die Grenzen der Oase schützte, „ich habe ein Gefühl des Unbehagens. Alles, was wir tun, gelingt mehr oder minder. Aber es fehlt etwas."

„Etwas, das uns mitreißt."

„Alle glauben an die Legenden des Erzählers. Auch ich und du. Er hat versprochen, daß die Kampfgefährten unserer Urahnen kommen und uns einen neuen Weg zeigen."

Vor zweiunddreißig Jahren war am Rand der Oase ein leckes Boot angeschwemmt worden. Darin lag, halbtot, ein weißhaariger alter Mann. Die Wächter brachten ihn zu den Heilkundigen. Es war ein entlaufener griechischer Sklave, der lesen, schreiben und Geschichten erzählen konnte. Er sprach mit leiser, erstaunlicher fester Stimme und war seit dem Tag, an dem er wieder zu Kräften kam, im Schatten der Bäume zu finden, wo er alles über die Götter der Griechen und deren Taten vortrug. Sein Gedächtnis war ausgezeichnet. Die Kinder liebten ihn, und er liebte sie. Mit der Zeit vermischten sich die griechischen Götter mit den Gestalten Demetrion-Atlans, mit Arconrik, der alles konnte und von furchtbarer Kraft war, mit der schönen Tochter des Landes und der Dunkelhäutigen.

Aus diesem Grund blieb die Erinnerung an Demetrion und seine Helfer wach.

„Es ist versprochen. Ich glaube, daß sie kommen“, sagte Oncusind.

„Es ist höchste Zeit.“

Jetzt, in der Zeit der Reife aller Früchte und des Korns, arbeiteten unzählige Frauen, Kinder und Männer am Kanal und am neuen See. Riesige Mengen von Erdreich, Gestein und Sand wurden bewegt. Obwohl die Anzahl der Köpfe nicht nennenswert zugenommen hatte, wurden mehr Nahrungsmittel und Gegenstände aus Bronze, Eisen und Holz erzeugt. Zwei Handelskarawanen verließen im Frühjahr und im Herbst die Oase und tauschten die Waren ein, und daher kamen auch die Gerüchte über eine reiche Stadt im Osten der glühenden Wüste, jenseits der Berge, deren Abstürze wie Mauern wirkten.

Tilnemu hob den Kopf. In seinem kantigen, braunen Gesicht erschien ein Ausdruck der Fassungslosigkeit. Er sprang auf, packte Oncusind an der Schulter und deutete auf die Wasserfläche.

„Da! Das schwebende Boot! Wie es der Grieche erzählte...“, keuchte er, halb erleichtert, halb ungläubig. Um die ausgewaschenen Granit- und Basaltfelsen bog das Boot, mit vier Menschen besetzt. Auf dem sanft ansteigenden Bug stand ein Gepard mit fast schwarzem, goldgezeichneten Fell und großen Augen.

Das Boot lag schwer im Wasser. Im Heck saß der Mann mit dem knapp schulterlangen weißen Haar und dem kühnen Gesicht. Die scharfen Augen der Männer entdeckten Usha und Narnia, zwischen denen Arconrik stand und jetzt auf genau jene Art winkte, wie sie sich jeder vorstellte, der die Geschichten des Griechen kannte.

„Sie sind es! Und wir... ausgerechnet... wir sind hier. Hierher, Atlan!“

Die beiden letzten Worte schrie Tilnemu. Das Echo hallte über die stille Wasserfläche. Das Boot steuerte heran und schob den kielförmigen Bug auf den weißen Kies. Einige Fischer ließen ihre Netze los und rannten herbei.

„Willkommen!“ sagte Tilnemu beinahe ehrfürchtig. „Wir haben zu lange auf euch gewartet.“

„Alles, was wir wissen, sind Erzählungen“, rief Oncusind. „Ich bin der jüngste Enkel Xandars. Jetzt sehen wir euch! Beliebt es euch, lange zu bleiben?“

Atlan half Narnia aus dem Boot, Arconrik faßte Tizia um die schmalen Hüften und stellte sie zwischen die Fischer. Die Männer packten einander an den Handgelenken und schüttelten sie, als wären sie alte Freunde. Unzählige aufgeregte Worte der Begrüßung wurden gewechselt. Ein Bote rannte durch die Gassen und über die Plätze und schrie jedem die Neuigkeit zu. Als die Bewohner aus den Häusern und Ställen kamen, sahen sie, wie der Anführer der Wachen und der gewählte Verwalter der Oase die Gäste zu ihrem Haus führten.

Eine gewaltige Aufregung bemächtigte sich der gesamten Siedlung. Die langersehnten Freunde waren wieder gekommen. Freunde? Götter? Helfer oder Vorgesetzte? Von jedem Wort galt etwas, und zusammen bildeten die Teile genau den Begriff, den niemand aussprach.

4.

Am Mittag des dritten Tages – alle Ausrüstung war von vielen helfenden Händen aufgeräumt und an Ort und Stelle – öffneten sich die Tore der unterirdischen Halle.

Gleißende Helligkeit drang ein. Wir alle standen sprachlos da. Das Schiff aus Bronze war hier – unangetastet, und dennoch reichte meine kühnste Phantasie nicht aus, um zu begreifen, was ich sah.

„Es ist wie ein Wunder“, flüsterte Usha und umklammerte Arconriks Arm.

„Ich habe es nicht erwartet.“

„Niemand, Atlan, hat es sich vorstellen können.“

Atemlos vor Staunen betrachteten wir das Kunstwerk.

Der Hügel über dem Dach war von hundertjährigen Bäumen bewachsen. Der Gang von unserem Haus und der Werkstatt war intakt, und schnell war der Sand vor den Toren weggeschaufelt – unter anderem von Sklaven, die in Ketten geschlagen waren. Ich sagte nichts. Noch nicht.

„Wer hat das alles gemacht?" fragte ich und ging langsam, den Arm um Narnias Schultern, um die erstaunliche Konstruktion herum. Ein alter Bronzeschmied grinste breit, fast berstend vor Freude und Stolz. Er sagte:

„Wir, alle! Einer fing an, und in hundert Jahren... jeder, der einen Einfall hatte, kam hierher und tat etwas."

Das Äußere der Zweckkonstruktion hatte sich verändert. Fledermaus, Drache, Meereswesen, Sagengestalt, Schmetterlingsflügel und Augen mythologischer Tiere... das alles fand sich hier. Jeder Handbreit der Oberfläche war verziert. Linien mit haarfeinen Mehrfachspuren aus funkelndem, leuchtendem Glasfluß, Muster und geschwungene, bizarr federartige Fortsätze, Umrandungen von Bullaugen mit Iris, Wimpern und phantastischen Formen – ein glänzendes, blitzendes, schönes Wunderwerk der Farben und Formen.

„Einiges an Gewicht ist dazugekommen", bemerkte Arconrik nüchtern. „Aber es wird am Himmel einen überraschenden Anblick bieten."

„Besonders bei Sonnenschein", murmelte ich gedankenvoll. Das war das schönste und sicherste Zeichen der Zuneigung, das uns die Oasen-Leute hatten geben können.

Jede Niete war Teil der Verzierung. Winzige Sprünge und Risse zwischen den Platten aus Arkonstahl und Bronze waren verschlossen worden. Selbst die Rohrelemente glänzten, mit Rankenmustern geschmückt. Auf der Außenhaut dieses seltsamen Flugkörpers fanden sich nahezu alle Arten der Verzierungen, die ich aus den Kulturen der Barbaren kannte. Ich war noch immer hingerissen von diesem Bild.

Es gelingt den Barbaren stets wieder, dich zu überra-

schen, meldete sich der Extrasinn. *Dein Raumfahrt-Problem wurde zwar schöner, aber nicht leichter.*

„Herrlich! Wunderschön! Du hast sie gelehrt, dies alles zu können“, flüsterte Narnia, „und zu wollen.“ Sie war ebenso hingerissen wie ich. Ich dachte bereits wieder einen Schritt weiter. Die Ausstattung, die aus dem Fluggerät ein weltraumfestes Schiff machen sollte, würde uns, trotz aller Planung, vor große Probleme stellen.

Wir setzten, nachdem wie uns bei den Handwerkern einzeln bedankt und dabei eine Bestandsaufnahme der Leistungen und Möglichkeiten gemacht hatten, den ersten Rundgang durch die Oase fort. Der Emmer, der Weizen und der Hafer standen hoch, die Ranken des Weines bildeten schattige Tunnel; überall sahen wir reifende Früchte. Auf den Stufen des steinernen Standbilds saß Patroklos, der uralte Grieche. Er zählte mindestens achtzig Herbste und hob, als er uns kommen sah, die Hand. Auf seinem Knie ritt ein hellhäutiges Kind, ein halbes Dutzend hockte vor ihm. Er lächelte uns zahnlos an und unterbrach seine Erzählung nicht.

„*... für Minos, den großen, weisen König von Kreta, baute der listige und alleskönnende Daedalos den Palast. Er lag halb unter der Erde und halb darüber. Minos war der Sohn des Zeus, des höchsten aller Götter. Daedalos, der von der Insel Kreta fliehen wollte, sammelte Federn von großen Vögeln und Wachs, Ruten und lederne Schnüre. Daraus machte er große Flügel und schnallte sie an seine Schultern. Er stieg auf einen Berg, breitete die Arme und somit die Flügel aus und schwebte davon ...*“

„So wie Demetrion Atlan!“ sagte Usha leise.

„Eine neue Legende wird gerade geboren“, versuchte Narnia abzuschwächen. Ich wandte mich an Tilnemu und fragte:

„Xander heißt der schwarze Gepard, der mit uns kam und die Oase bewacht. Wie kommt es, daß Oncusind sich Xandars Enkel nennt?“

„Sein Großvater nahm den Namen des mutigen Tieres an. Der Gepard ging mit euch und wurde zur Legende."

„So einfach ist es also", murmelte ich. „Nun denn, sehen wir weiter. Und dir, Patroklos, rate ich, Lebende nicht mit Gestalten der Sagen gleichzusetzen, und Sterbliche nicht mit Göttern. Beim Zeus."

„Und wenn schon", fügte Arconrik sarkastisch hinzu, „dann ähnelt Atlan dem kunstvollen Feuergott und Schmied Hephaistos."

Wir gingen durch Haine und Felder, über Brücken und entlang der gewundenen Hauptkanäle. Die Weiterführung des Kanals war so gut wie fertig. Eine kunstvolle Schleuse trennte die beiden Hälften. Am See, überraschend tief ausgeschachtet, wurde gearbeitet. Auch von seinen Ufern führten Stichkanäle hinaus in die dorrende Steppe. Ein Abfluß, der verhindern sollte, daß das stehende Wasser verdarb, war mit bronzenen Gittern versehen. Also wollte man auch hier Fische aussetzen.

„Du bist der Verwalter, Oncusind?"

„Man hat mich für zwei Jahre gewählt", bestätigte er. Gespanne, von je sechs Pferden gezogen, schleppten Sand aus dem Loch und brachten Steinplatten zurück. Nasser Lehm hielt sie auf dem Grund des zukünftigen Sees und an den schrägen Ufern fest.

„Warum sind die Männer in Fesseln? In Ketten? Warum hat man ihnen Bart und Kopf geschoren?"

Ohne viel Verlegenheit erwiderte Oncusind:

„Beilarx erzählte es seinen Söhnen, diese gaben es weiter, jemand schrieb es auf, Publius Thrax und Ekrala bestätigten es und sagten, wie sie es gemacht hätten. Wir hatten immer die Wahl, die Räuber totzuschlagen. Immer waren wir schneller und stärker. Wir zogen es vor, sie zuerst zu überzeugen, daß es sinnlos war, uns berauben zu wollen."

Narnia und Usha hörten aufmerksam zu, während ihre Blicke über die riesige Baustelle gingen.

„Ich fange an, zu erkennen, daß ihr letztendlich klug

handelt", sagte ich nachdenklich. Wie immer und überall registrierte Arconrik alles, auch die winzigsten Einzelheiten, die er für baldige oder spätere Verwendbarkeit speicherte.

„Möglich", gab der selbstbewußte Mann zurück. „Wir nahmen ihnen alles, gewöhnen sie langsam an unsere Art und geben ihnen stückweise mehr zurück, als wir nahmen – wenn sie zeigen, daß sie hier bleiben wollen. So war es immer."

„Wann nehmt ihr ihnen die Fesseln ab?"

„Man wird sehen. Vielleicht in einem Mond? Vermutlich später."

„Das ist euer Problem", sagte ich schließlich widerstrebend. „Trotzdem sehe ich in einer Gemeinschaft, die von Sklaven gegründet wurde, Sklaven höchst ungern. Ändert diesen Zustand möglichst schnell."

Seine Antwort entwaffnete mich.

„Ihr seid wieder gekommen. Wir brauchen euren Rat. Wir werden oft genau das tun, was ihr wollt."

„Wenn ihr einen Rat haben wollt, dann weiß ein jeder, wo wir zu finden sind."

Wir beendeten nach einigen Stunden die Wanderung durch den großen, fruchtbaren und von ruhiger, zielbewußter Arbeit erfüllten Flecken Natur. Die Bewohner hatten seit den ersten Tagen nichts verlernt und ihr Können mit unserer Hilfe verbessert und verfeinert. Und jetzt konnten wir ihnen wieder helfen. Zuerst war es wichtig, den Heilkundigen das Buch des Pedanius *de materia medica* zu erklären und in schwierigen Fällen selbst zu helfen.

Eines Tages, vielleicht gar nicht so fern, sagte der Logiksektor, *wird auch diese Idylle zerstört werden. Gewalt? Überfälle? Sandsturm? Niemand kann es sagen.*

In unserem Haus versuchten wir, die einzige Heimat wiederzuerkennen, die Arconrik und ich je gehabt hatten. Gegen die Kühle der Nacht machten wir Feuer in den Kaminen, ließen uns Essen und Wein bringen und versammelten uns, müde geworden, um den wuchtigen Tisch.

„Wein für die Hüter der Welt“, meinte Arconrik und füllte die Becher. „Wieder fängt ein neuer Abschnitt für uns und für mehr als eineinhalb tausend Menschen an.“

„Frühestens morgen!“ sagte Usha Tizia mit Nachdruck.

Wir sprachen darüber, daß die Räuber der Oase frisches Blut zuführten, ohne es eigentlich zu wollen. Immerhin bestand eine bestimmte Gefahr der Inzucht. Ich erinnerte mich plötzlich anderer Minderheitengruppen, mit denen ich zu tun gehabt hatte – vor meinem Abenteuer in Neros Arena. Sie trieben die Anhänger der neuen Religion hinein zu den wilden Tieren. Die Christen, deren Leben wir Gladiatoren zu retten versuchten, lehnten unsere Bemühungen ab. Uns hatte es widerstrebt, daß unbewaffnete, chancenlose Menschen im Sand des Circus maximus zerrissen wurden. Aber sie wollten lieber für ihren Glauben sterben; Märtyrer sein, nannten sie es, schneller ins ewige Reich ihres Gottes einzugehen. Sie brauchten unsere Hilfe nicht, sagten sie. Und meine am wenigsten.

„Eines Tages wird eine versprengte Gruppe von ihnen auch hier auftauchen“, sagte ich skeptisch. „Dann gibt's ein Problem mehr.“

„Meinetwegen“, schloß Tizia.

Ein riesiger Berg von Arbeit lag vor uns. Wir reparierten den Generator, die korrodierten Leitungen und Fassungen und schlossen neue Leuchtkörper an. Die Handwerker halfen uns, Werkzeug und Ausrüstung in die Halle zu bringen, und wir fingen mit den Vorbereitungen zum zweiten Flugversuch an.

5.

Das Schiff war abgedichtet, die Hülle isoliert. Wir bauten einen Vielzwecksessel, der vor den Kontrollen eingeschraubt wurde. Ich schälte den uralten Raumanzug aus der raumfesten Verpackung und testete ihn, indem ich einige Tage lang in ihm herumlief und arbeitete, seine Systeme immer wieder belastete.

Ich war sicher, daß ich den Apparat auf dem zweiten Planeten und auf der Erde landen konnte. Innerhalb einer dichten Lufthülle zu fliegen oder zu gleiten, stellte kein Problem dar.

Aus großer Höhe, sowohl auf der anderen Welt als auch hier, mit hoher Geschwindigkeit loszufliegen, in den Raum hinein zu starten und eine Geschwindigkeit zu erreichen, die mich den langen Weg zweimal zurücklegen ließ, war ein weitaus größeres, aber nicht unlösbares Teilprojekt.

„Eine Frage zur Sicherheit“, sagte ich zu Arconrik. „Du hast deine Berechnungen genau abgestimmt?“

„Ich nahm mehr als das doppelte Gewicht an und ließ die Computer immer wieder Alternativen durchrechnen. Du würdest genügend Reserven haben.“

In einem Container waren acht Feststofftreibsätze verpackt. Wir bauten die Hälfte davon aus und installierten sie im Heck. Knapp hundertzehn Jahre hatte Arconrik Zeit gehabt, Chemikalien zu sammeln, zu rektifizieren und zu mischen. Eine kleine Testanlage befand sich noch immer unterhalb der Tiefseekuppelräume. Zündungen, Zündleitungen und Kontakte, zum größten Teil mitgebracht, wurden verlegt. Wir befestigten sie so, daß ich sie würde reparieren können. Natürlich achteten wir auf mehrfach angelegte Systeme. Jeweils drei Treibsätze sollten die LARSAF DREI genügend beschleunigen, zwei waren als Reserve oder für plötzliche Bremsmanöver gedacht.

Als Admiral der arkonidischen Flotte verstand ich viel vom Bau der modernen Raumschiffe. Aber wir konstruierten ein bronzezeitliches Modell. Jedes Konstruktionsprinzip mußte umgedacht und auf die einfachste Formel hinunter- und zurückgeführt werden.

„Woher hast du eigentlich die Chemikalien?“ fragte ich den Roboter. Arconrik antwortete:

„Nicht nur Spionkugeln, sondern auch simple Hilfsroboter werden von mir ausgesetzt und gesteuert. Ich fand Salpeter und alles andere ziemlich einfach. Chemische Versuche unternahm ich mit Rechnerhilfe in der Kuppel. Was für eine Amphore voller Wein gilt, ist auch mit einem Sack Holzkohle oder Schwefel durchzuführen. Ich baute eine Versuchsanordnung und berechnete das beste Mischungsverhältnis.“

„Immerhin arbeitet der Raumanzug noch zufriedenstellend.“

„Notiere die Ausfälle“, sagte er. „Ich kann vieles reparieren.“

„Verstanden.“

Die weitaus größere technische Herausforderung waren die Überlebenssysteme und die Lagesteuerung. Dampfstrahldüsen setzten die Möglichkeit von starker Erhitzung voraus. Wie sollte meine Atemluft gespeichert, gefiltert und umgewälzt werden? Wie waren die Exkremente zu beseitigen? Die Nahrung? Ich konnte ziemlich lange von Nüssen, Wasser und Wein, trockenen Früchten und Braten, gesalzenem Fisch und Würsten leben. Dieser Teil der Ausrüstung würde uns vermutlich Jahre an Planung und Ausführung kosten und gefährliche Pannen.

Arconrik und ich hatten uns geschworen, diesesmal zumindest einen weiten Vorstoß in den Raum zu unternehmen. Dafür mußten die Voraussetzungen geschaffen werden.

„Du hast von einem Ausbilder – so deine Erinnerungen – während der ARK SUMMIA gelernt, dich in eine Art Tiefschlaf zu versetzen. Du wirst diese Fähigkeit beim wirklichen Flug brauchen. Es reduziert die Überlebensprobleme.“

„Das zeigt sich, wenn es notwendig wird."

Arconrik hatte jede denkbare Phase des Fluges exakter gespeichert als es jede Checkliste vermochte. Wir gingen also jeden einzelnen Schritt mehrmals durch und besprachen sowohl die Phasen als auch die dazugehörigen Schaltungen und Überlegungen, legten ein Band in einem Recorder an. Jeder Griff wurde immer wieder geprobt. Am Boden funktionierte alles.

„Diese Barbaren", stöhnte ich. „Ich habe dutzendmal mein Leben für sie riskiert. Und jetzt treiben sie mich auch noch zu technischen Höchstleistungen."

„Dein eigener Wunsch. Dein Risiko!"

„Du hast natürlich wieder einmal recht."

Wenn ich den Sender erreichte, mit ARKON Verbindung aufnehmen konnte, dann waren alle meine Probleme und die dieses verdammten, herrlichen Planeten vorbei.

An einem dieser Abende fand ich zum erstenmal Zeit, das „Buch" anzusehen, das Arconrik auf schwer zerstörbare Folie kopiert hatte. Es war ein hochinteressantes Dokument, denn es handelte von – mir!

Ein Mann, der sich *Publius Multiverba Maximus junior* nannte, hatte es geschrieben. Das zerfledderte Original, auf Palimpseste geschrieben, also auf immer wieder abgeschabtem und wieder beschriebenem Pergament, war *oblitus*, also vergessen oder verschollen. Arconrik hatte es gerettet und rekonstruiert.

CONFLICTATIO FABRICATORIS PAUPERIS VERBARUM BONARUM CONTRA MERCATOREM

POTENTUM PAPYRORUM SCRIPTORUM

LIBER SECUNDUS: GESTA HOMINIS AMBULANTIS

Ich übersetzte:

„Zweites Buch. Die Taten des wandernden Mannes."

Das erste Buch war unauffindbar. Es mußte etwa zu Julius Caesars Lebzeiten geschrieben worden sein. Nach einigen Zeilen mußte ich erkennen, daß jener Publius der Jüngere, „Schwätzer", wie er sich selbst nannte, Legenden und Gerüchte und zufällige, aber zutreffende Spuren eines Mannes gefunden zu haben glaubte, der durch die Welt und die Zeiten wanderte und den Menschen half.

Ich war zu müde, um weiterzulesen. Die Buchstaben tanzten vor meinen Augen. Ich war neugierig auf das, was ich in dem Buch wiederfinden würde. Vielleicht sogar Erinnerungen, die ES blockiert hatte.

Wie auch immer: auf diesem Planeten war ich wahrscheinlich der einzige Mann, dem es geglückt war, die meisten seiner Träume zur Realität werden zu lassen.

In einer der nächsten Nächte bugsierten wir das große Gleiterschiff aus der Halle hinaus. Wir ließen es in einem Halbkreis um die Oase schweben und setzten es neben dem Steg der Fischer ins Wasser des gestauten Flusses.

Unser Vorhaben war großartig und gewagt.

Für Tilnemu, Oncusind und Begaspoint zählte die Große Fahrt zu den Abenteuern, die sie sich wünschten. Langsam wurde das Schiff beladen und mit Tauwerk, neuen Segeln und Ruderblättern ausgerüstet.

„Der einfache Weg, Begaspoint, ist weit. Einmal tausend und dreieinhalb mal hundert römische *miliae*. Eine *milia* sind eintausend Doppelschritt“, warnte ich ihn. Er bewies grenzenloses Vertrauen in unser Wissen.

„Ihr seid bei uns. Wir schaffen es, Atlan!“

Der Hafen Berenike lag am Ufer des Roten Meeres. Von der Oase war er in Luftlinie rund elfhundert römische Meilen entfernt, entlang des Flusses und dann, über die Wüste nach Osten, konnte das schwebende Schiff das Ziel in knapp mehr als einem Tag und einer Nacht erreichen.

„Du hast keine Angst? Dort werden wir andere Menschen antreffen, und ganz andere Umstände, Sitten und Gefahren. Unbekanntes umgibt uns, eine Stunde, nachdem wir hier ablegen.“

„Keiner von uns fürchtet sich. Ehrlich!“

Eine Handelsstraße, die von griechischen, phönizischen und arabischen Händlern mit Billigung der Römer benutzt werden durfte, führte von Alexandria über Klysma, von dort nach Myos Hormos, dann über das Meer nach Leuke Kome und nach Berenike. Dieser Ort war an der Ostküste auch einer der Endpunkte der Händler aus dem Süden und Makran. Adulis am Roten Meer lag im Osten zwar näher an der Oase, der Weg führte aber durch unwegsames Gebirge.

„Vorsicht mit den Lampen!“ schrie Oncusind den Trägern zu. „Nicht in den Kielraum!“

Das Angebot an Waren war groß und vielfältig. Herrliche Öllampen aus Bronze, mit dicken, neuartigen Dochten, das dazugehörige Öl und das Funkenzeug, kostbarer, alter Wein in wachsversiegelten Amphoren, die ihrerseits herrlich verziert und glasiert waren. Die Oase verschickte nur beste und teuerste Waren.

„Wie groß ist die Mannschaft?“ fragte Usha. Arconrik erwiderte:

„Du bist natürlich dabei. Meine beste und schönste Helferin soll die fremde Welt kennenlernen. Dazu Narnia und Atlan, ich als Steuermann, die drei aus der Oase. Das wird, denke ich, reichen.“

„Wann sind wir wieder zurück?“ wollte Tilnemu wissen. Ich zuckte die Schultern und schätzte:

„Nicht länger als ein halber Mond. Sie werden uns nicht vermissen.“

In kleinen Kästen aus edlem Holz, mit Leinen ausgeschlagen, brachten die Goldschmiede den Schmuck an Bord. Gold, Silber und herrlich gearbeitete Bronzeringe und -reifen. Dazu zierliche Idole; Figurinen, in denen man ebenso griechische wie römische Gottheiten erkennen konnte wie persönliche Hausgötter. Bronzene Dolche und Schwerter mit Schneiden aus gehärtetem und haarscharf geschliffenem Eisen, dazu Speer- und Pfeilspitzen für meisterliche Schützen. Dicke, schwarze Amphoren voller grüner und schwarzer Oliven, mit Hilfe listig konstruierter Apparate entkernt, wurden in dicke Strohbündel gehüllt und festgezurrt. Die Arbeit von rund einem

Jahr würde sich im Schiff befinden, wenn es voll beladen war.

„Denke daran, daß wir auch noch ein wenig Platz brauchen", lachte Oncusind und polierte seine goldenen Schmuckreifen um die Oberarme.

„Wir und unser Essen", pflichtete ihm Begaspoint bei.

In großen, gläsernen Kelchen, mit gewachstem Leinen oder Pergament verschlossen, wurden die Gewürzkräuter und die Salben, ebenfalls behutsam verpackt, in die gepolsterten Zwischenräume gestapelt. Den Rest der wertvollen Ladung stellten unsere Tonwaren mit Glasuren und Verzierungen dar, die niemand besser herzustellen vermochte als wir: Schalen, Becher, Teller und Näpfchen in allen Größen und vielen Formen.

„Wann brechen wir auf?" wollte Usha wissen. Beharrlich ließ sie die glühenden Blicke Begaspoints an sich abgleiten.

„Wir haben keine Eile", sagte ich. Die Tonkrüge voller goldgelbem Honig wurden, dick in Stroh verpackt, an den Henkeln mit Tauen sicher befestigt. Ich verteilte an die Mädchen je einen großen und einen kleinen Dolch. Eine Waffe, zugleich Eßbesteck, Werkzeug und reich verzierter Lähmstrahler. Ich erklärte ihnen kurz die Wirkungsweise, und sie schnallten die Scheiden aus golddrahtgeheftetem Leder an den breiten Gürteln mit den vielen Innenfächern. Die drei Begleiter hatten staunend zugesehen, wie ein kleiner Affe aus den Ästen des Baumes gepurzelt und bewußtlos liegengeblieben war. Ich reichte ihnen ebenfalls zwei dieser Waffen.

„Das ist Zauberei!" stellten sie fest. „Damit wird uns niemand besiegen können."

„Täusche dich nicht", erwiderte Arconrik. „Es ist eine listige Hilfe, nicht mehr. Es schont Menschenleben."

„Solange unsere damit gemeint sind..."

Abends, im Haus, breitete ich die Höhenphotos-Karten mit den Gitternetzen aus. Aufmerksam studierten wir jedes Geländemerkmal. Der Fluß, an dessen oberstem Lauf sich die Oase befand, wand sich nach Süden. Zuflüsse kamen von rechts, von Osten. Jedes Jahr einmal schwemmte der Fluß Unmengen fruchtbaren Schlamms durch sein Bett. Über die großen Schaufeln der Wassermühle wurde er aus dem gestauten Bereich herausgeschöpft und abgeleitet, eine große Menge brachten die Oasenbewohner aus dem Altwasser auf ihre Felder; es war, aus den Überlaufzonen als weiche Brühe geschaufelt, ein hervorragender Dünger.

Wir würden dem Fluß eine Weile lang nach Norden folgen, dann abkürzend geradeaus schweben oder tatsächlich im Wasser schwimmen – über Land, das vielleicht noch keines Menschen Fuß betreten hatte –, dann wieder dem Wasser nachschweben und schließlich, etwa im letzten Drittel der Entfernung, scharf nach Osten abbiegen. Dabei mußten wir eine unfruchtbare, gebirgige Landschaft durchqueren. Uns war daran gelegen, daß möglichst wenige Menschen sahen, wie ein Schiff mit schlaffem Segel durch die Luft schwebte.

Es gab bereits genug Gerüchte und Legenden, und möglicherweise fand ich mehr davon in einem Pergament oder Papyrus wieder, als mir lieb war. Ich hatte vor, das „Tagebuch des schlafenden Wächters“ zu schreiben, wenn überhaupt jemand. In diesem Augenblick wisperte der Extrasinn:

Oder die Aufzeichnungen eines gestrandeten Arkoniden!

„Es ist also doch wahr, was die Alten erzählten – ihr könnt die Welt mit den Augen des Falken sehen“, bemerkte Begaspoint. „Das also ist die Oase!“

Er hatte sie richtig definiert und betrachtete die farbigen und fast dreidimensionalen Einzelheiten. Wir verfolgten unseren Kurs und entdeckten am Ende der Großen Fahrt auch den Hafenort Berenike.

„Ihr werdet auf der Fahrt sehen und erleben müssen, daß es viele Formen des Lebens der Menschen gibt. Ganz andere Sprachen, fremdartige Gebräuche. Vielleicht spüren wir, daß unsere Gedanken, hier, richtig sind. Oder fast richtig", meinte ich ernst. „Vergeßt das nicht!"

Arconrik hatte mit seinen Sonden herausgefunden, daß wir mit der griechischen und römischen Sprache im Hafen der Händler zurechtkommen würden.

„Wir vergessen nichts. Wir werden alles erzählen, jeden Schritt", versprach Begaspoint.

„Wird wohl eine längere Geschichte. Haltet euch bereit", ordnete Arconrik an.

Die Ausrüstung und die Nahrungsmittelvorräte waren rechtzeitig an Bord. In der Morgendämmerung des übernächsten Tages legten wir ab und dirigierten das Schiff mit den beiden großen, weit aufgerissenen Augen am Bug zuerst im tiefen Wasser des Stausees flußaufwärts, und als wir sicher waren, daß uns – außer Khach'ts Falken – niemand zusah, ließ Arconrik den großen, geschwungenen Körper aus dem Wasser klettern, zwanzig Ellen hoch, und wir rasten nach Norden.

Die Geschwindigkeit wuchs ständig. Der Fahrtwind trieb uns bald, wenn wir nach vorn blickten, die Tränen aus den Augenwinkeln. Schon nach einer Stunde schwebten wir neben unserem grotesken Schatten dahin. Der Mast wurde nach vorn gekippt, die lange Rah an ihm festgezurrt. Ihr oberes Ende bildete eine Art Bugsteven. Wir glitten über unbekanntes Land. Unter uns war Wasser, Sonnenlicht ließ Kies und Gestein strahlen, das Geräusch des Windes nahm zu.

Arconrik stand im Heck, hielt sich am Schaft des Ruders fest und betätigte die Kontrollen des schwer beladenen Fahrzeugs. Die Triebwerke summten leise. Neben ihm, in den weißen Mantel eng eingehüllt, saß Usha und hielt den sichelförmigen, durchsichtigen Augenschutz fest. Schweigend und voller Begeisterung betrachtete sie die vorbeirasenden Geländemerkmale. Tilnemu, Oncusind und Begaspoint, ebenfalls fröstelnd, kauerten rechts und links von Narnia. Sie schwiegen vor Erstaunen und sogen jeden neuen Eindruck förmlich in sich auf. Ich löste Narnia ab, als die Sonne höher geklettert war und es wärmer wurde. Sie legte sich unter das Vordeck auf die Felle und schlief bald ein.

Ich versuchte zu erklären, wo wir uns befanden und daß unbekannte Kräfte uns bewegten, daß dies keine Zauberei und wir keine Götter wären, daß wir entlang des Weges das Werden und Vergehen sehen konnten; abgestorbene Bäume, junge Triebe, das Bruchmuster des ausgetrockneten Flußbettes, die bleichen Knochen eines Tierskeletts, fremdartige Vögel und die näherkommenden Felsen und Berge. In langgezogenen Windungen folgte das schwebende Schiff den engen Windungen des Flusses. An keiner Stelle führte er so viel Wasser, daß wir die Reise als „Schiff" hätten fortsetzen können.

Gegen Mittag fanden wir tiefen Schatten auf einer langgezogenen Insel, die zwischen Resten einst wuchtiger Gemäuer die Stämme und Kronen großer Bäume aufwies. Behutsam senkte Arconrik den schwer beladenen Rumpf in den knirschenden Kies.

„Nun weiß ich", sagte Tilnemu ernst und suchte nach Worten, „warum alle, die euch näher kennen, immer wieder von euch und euren Taten sprechen. Natürlich habe ich es gehört und gelesen."

„Ihr werdet noch mehr erleben. Das ist erst ein Anfang", meinte Narnia.

Wir machten eine ausgedehnte Rast, aßen und schliefen, bis die ärgste Hitze vergangen war. Bis zum Einbruch der Nacht, die wir in völliger Einsamkeit auf einem tief gelegenen Plateau verbrachten, legten wir ein gutes Stück des Weges zurück; mehr als die Hälfte der gesamten Strecke lag nun hinter uns.

Ich schleppte Felle und Decken aus dem Schiff und breitete sie zwischen den windgeschliffenen Felsbrocken aus, die wie bizarre Spielfiguren auf dem ebenen Tafelberg lagen und standen. Zwei Öllampen gaben mildes Licht. Die Flammen brannten still in der ruhigen Nachtluft. Der erste Weinkrug wurde geöffnet.

Begaspoint und Oncusind unterhielten mit dem mittags eingesammelten Holz ein Feuer und brieten Würste und Fleisch.

Das erste Drittel der Nacht saßen wir ums Feuer, unter dem gewaltigen Sternenhimmel, über den die haarfeine Sichel des Mondes zu wandern begann. Unsere Gespräche waren leise und so gehaltvoll wie noch nie. Die leblose Wirklichkeit um uns herum und über uns, das Erlebte und Begriffene dieser Fahrt, das Wissen, eine unglaublich große Entfernung zurückgelegt zu haben und die aufkeimenden Zweifel der Männer, die in ihrem ganzen Leben noch nie die Oase verlassen hatten – diese Salzkörner waren die Würze der Worte und Überlegungen.

Narnia und ich verließen den Feuerkreis.

Arconrik wachte über uns. Der schwarze Gepard beschützte nicht uns, sondern die Oase. Wir nahmen einigen Wein mit uns, füllten die Becher und krochen unter die weichen Mäntel. Allein unter den Sternen und dennoch sicher sprachen wir leise, liebten uns, schliefen tief und ohne Träume. Die Strahlen der Sonne kitzelten unsere Nasen und weckten uns, als die anderen längst das Essen bereitet und die Ausrüstung an Bord hatten.

Am späten Abend fanden wir zwei Stunden von Berenike entfernt eine sandige Bucht und landeten dort, den Kiel halb am Land und halb im Wasser.

Kurz nach der Morgendämmerung, mit prallem Segel und aufgerichtetem Mast, fuhren wir in den Hafen der Küstenstadt ein.

Stege und Kaianlagen, einfache Ladebäume, Häuser und Dächer breiteten sich halbkreisförmig vor uns aus. Eine schwache Brandung ließ ein Dutzend Küstensegler schaukeln. Sie lagen mit dem Heck zum Balkensteg, die Buganker spannten die dicken, nassen Haltetaue. Es roch nach Fäulnis, Fisch und Gewürzen; der Geruch, der jeden Hafen auszeichnete.

Lange Reihen von Sklaven schleppten Ballen hin und her. Über das Wasser kam das Echo von Rufen, Geláchter, dem Klatschen der Peitschen, das immerwährende Knarren von Planken und ein Chor anderer Geräusche.

Wir waren wieder unter Menschen. Unter Barbaren. Ich machte eine ausholende Bewegung und rief im Tonfall eines Märchenerzählers:

„Hört, ihr alle, ihr Weitgesegelten und dennoch Ahnungslosen! Hört, wie dieser Platz zu seinem Namen kam!

Mehr als dreiunddreißig Jahrzehnte ist es her, als Ptolemaios, der Nachherrscher Alexanders des Großen von Ägypten, in den Krieg gegen die Syrer zog. Wenn er als Sieger zurückkäme, sagte seine langhaarige Gemahlin Berenike, würde sie ihr Haupthaar opfern und der Aphrodite weihen, der Göttin der Liebe. Das alles geschah! Sie schnitt ihr herrliches, langes Haar ab, und die Götter versetzten es in den Olymp ihrer Gestirne. Gestern nacht, Geliebte, habe ich dir das Sternbild gezeigt."

„Du kannst es fast so gut wie unser Märchenerzähler Patroklos", lachte Tilnemu. Oncusind rief:

„Auf alle Fälle kann er's lauter!"

Unter dem lauten Gelächter hörte ich Usha Tizia sagen:

„Und für Arconrik habe *ich* mein Haar abgeschnitten."

„Ich bin kein Herrscher", verteidigte sich Arconrik schwach. Natürlich hatte er das Problem erkannt, wenn auch nicht völlig verstehen können. Wie so unzählige Male zuvor bewies Narnia, daß sie die feinsten Schwingungen des Herzens früher spürte und besser erkannte als sonst jemand. Jetzt tröstete sie die junge Dunkelhäutige, die außer unserer Freundschaft in ihrem „zweiten Leben" nur Arconrik als Bezugsperson kannte. Ausgerechnet ihn, einen unzerstörbaren Roboter.

Das Anlegemanöver nahm unsere ganze Aufmerksamkeit in Anspruch. Wir erhielten einen Platz im sicheren Schutz eines Dammes aus natürlichen Felsen und Steinbrocken, über die man ein holpriges Steinpflaster verlegt hatte. Klatschend fiel unser Anker aus Eisen, Bronze und

Holz vor der langen Kette. Keiner der anderen Kapitäne, das bewiesen die neugierigen Blicke, die ausgestreckten Arme und die aufgeregten Rufe, hatte je einen solchen Anker gesehen.

„Woher kommt ihr?"

„Aus Afrika. Ihr kennt den Hafen nicht", rief Arconrik. „Wenn ihr unsere Waren seht, erfahrt ihr alles."

Endlich war das Schiff ruhig und solide belegt. Wir brachten eine breite Planke aus, begrüßten andere Handelskapitäne, die Männer des Hafens und die Wächter. Bald hatten wir die neuesten Gerüchte gehört – die Gespräche in allen Häfen dieser Welt kreisten immer um dieselben Themen. Ich zog die anderen Männer mit mir in die Hafenschänke und zahlte ihnen den einen und anderen Becher Wein oder Bier; mit römischen Silbermünzen.

„Erzähle uns, was du anbietest, Kapitän Demetrion!" forderten sie mich auf.

Arconrik bewachte das Schiff und begann einzelne Truhen und Ballen auszupacken. Noch war die Stunde nicht da, in der die Händler der Stadt und die Bewohner in den Hafen herunterkommen würden. Es war geradezu herzerfrischend, Tizia und Narnia und die drei Männer der Oase zu beobachten. Für sie, mit Einschränkungen, war alles neu und gleichermaßen aufregend. Unsere Unterhaltungen gingen langsam, Satz um Satz, in ein echtes Handelsgespräch über.

Fünf Tage lang brauchten wir, um unsere Ladung zu verkaufen oder zu vertauschen. Wir schleppten ziegelförmige Bleibarren in den Kielraum, Silber und wenig Gold, einige Ebenholzkisten voller unbekannter Gewürze, etliche edle Steine für die Goldschmiede, Zedernöl und andere Dinge, die es in der Oase nicht gab und die wir nicht herstellen konnten. Unsere Waren riefen beträchtliches Aufsehen hervor, was die Qualität und auch den Preis betraf. Wir handelten hart, unterschritten aber unsere Preise nicht. Einer der Erfolge war, daß sie uns fragten, wann wir wieder nach Berenike kommen würden. Wir versprachen, innerhalb der nächsten vier Monde nach dem Jahreswechsel wiederzukommen. Auch mit den Bewohnern Berenikes wickelten wir einen schönen Teil des Handels ab. Selbst Palmenschößlinge kauften wir den Städtern ab.

„Die Liste, die wir von den Handwerkern bekommen haben, ist erfüllt", erklärte Begaspoint. „Morgen ist Sklavenmarkt, Atlan."

Da ich wußte, daß nicht nur er große Leidenschaft für Tizia empfand, schwieg ich und zog fragend die Brauen hoch.

„Ich habe mich unter den Töchtern des Hafens umgesehen", murmelte er und machte eine eindeutige Geste. „Sie machen es mir leicht, zu vergessen."

Jetzt mußte ich lachen. Er hatte sich in den vergangenen Tagen wirklich viel Mühe gegeben. Mit Narnia waren Tilnemu, er und Oncusind in die Schuppen gegangen und in die Schiffsbäuche heruntergeklettert, um sich das Angebot an Sklaven anzusehen und um Preise zu feilschen.

„Verstehe ich euch recht?" fragte ich schließlich, nachdem die Becher gefüllt waren. „Ihr wollt hier Sklavinnen erstehen, um eure niederen Lüste zu befriedigen."

An meinem Grinsen merkte er, daß es mir nicht ganz ernst war. Er hob den Becher. Wir saßen an einem weißgescheuerten Tisch unter dem Vordach der Hafenschänke. Vor uns entfaltete sich das bunte Leben des nachmittäglichen Hafens.

„Wie du es sagst, sind wir alle einst Sklaven gewesen, ich meine, viele unserer Ahnen. Auch Narnia, deine Freundin, und Tizia. Was ist daran? Wir wollen die Mädchen zu unseren Frauen nehmen."

„Das höre ich nicht ungern. Wie viele, wenn ich fragen darf, wollt ihr mitnehmen?"

Er war unschlüssig; offensichtlich waren die besprochenen Preise nicht niedrig genug. Ich würde ihm helfen, wenn es am Gold oder Silber lag. Dennoch sagte ich:

„Nehmt nicht die Schönsten. Kauft die klügsten Mädchen. Sie werden sofort verstehen, daß ein gutes Leben für sie beginnt – was natürlich von euch jungen Hitzköpfen abhängt. Am besten ist, ich gehe mit euch und gebe euch unaufgefordert gute Ratschläge."

Ich wünschte, ich hätte eine andere Heimstatt! zischte das Extrahirn. *Manchmal bist du wahrhaft unerträglich – edel und infam, Arkonide!*

Ich zuckte die Schultern. Damit konnte ich leben.

Wir verbrachten also fast den ganzen nächsten Tag damit, das menschliche Elend der Barbaren abzuschätzen. Es waren etwa zweihundertdreißig Sklaven zu verkaufen. Wir sprachen mit den Mädchen und den jungen Frauen, und keiner von uns nahm die Aufgabe leicht. Narnia und Usha halfen, wo sie konnten. Schließlich hatten wir acht Mädchen gefunden. Narnia und Usha nahmen sie mit sich. Ich hatte alles mit meiner Freundin geregelt. Kleidung wurde gekauft, weiche Sandalen, die Mädchen folgten Narnia in ein Badehaus und kamen, völlig verwandelt und plötzlich viel hübscher, zum Schiff zurück. Wir Männer hatten inzwischen einige Becher Wein geleert – unseren Wein, weil er der beste weit und breit war.

Den Männern hatte ich ins Gewissen geredet. Die Unsicherheit darüber, was passiert war und noch mehr, was die Mädchen erwartete, darüber hinaus die seltsame Weise unserer Fahrt würde sie in tiefe Verwirrung stürzen. Es lag an ihren zukünftigen Liebhabern, sie zu beruhigen.

„Wir glauben. Du hast die größere Erfahrung", stellte Begaspoint fest und hob den Kopf. Sein Blick richtete sich auf die Frauen. Ich hob den Becher und rief:

„Kommt an Bord! Übermorgen legen wir ab! Willkommen!"

Da Narnia und Usha für alles gesorgt hatten, waren die Mädchen auch satt und trugen einige einfache Schmuckstücke. Sie rochen nach Sauberkeit, und die Gefühle, die sich in den Gesichtern und Gesten widerspiegelten, waren kaum zu beschreiben.

„Ich bin Arconrik, der Steuermann“, sagte er laut und legte alle seine beruhigenden und überzeugenden Schwingungen in seine Stimme. „Kommt zu mir. Ich halte, was diese Männer versprechen. Trinkt einen Becher Wein mit uns und stellt Fragen.“

Nacheinander kamen sie über die federnde Planke in den Schutz des waagrecht gespannten Segels. Bis zum Einbruch der Dunkelheit, als wir zum Essen in die Hafenschänke hinübergingen, kannten die jungen Frauen einen großen Teil ihres zukünftigen Schicksals.

Wir lösten im Sternenlicht die Belegtaue und hoben den Anker. Als die Sonne über Berenike aufging, war unser Schiff verschwunden. Wir ließen uns Zeit und waren vier Tage später in der Oase. An diesem Punkt endete, Erfolg oder nicht, die Verantwortung von uns vier aus der Vergangenheit.

6.

Funkelnd und glänzend lag das Sternenschiff auf den bronzenen Schienen, die aus der Halle hinausführten. Früher Morgen. Ich hatte den Raumanzug geschlossen, aber noch nicht den Helm und das Visier. Über drei verschiedene Funkgeräte stand ich schon jetzt mit Arconrik in Verbindung. Ich war unruhig und voller Spannung. Die Luke stand weit offen, beide Schleusentüren ebenfalls. Ich trug Handschuhe und einen Wasservorrat mit Saugröhrchen; der lederne Wassersack schien im erwarteten schwerelosen Zustand brauchbar zu sein.

„Sämtliche Werte in arkonidischer Terminologie!“ sagte Arconrik. „Bereit?“

Wir hatten weitergearbeitet. Die Änderungen und Neukonstruktionen waren nicht aufwendig, aber wichtig. Der bevorstehende Probeflug bedeutete für uns einen weitaus größeren Schritt als die erste Phase der Konstruktion.

„Ich bin bereit“, antwortete ich. Noch war ich in der Lage, den Start zu verschieben. Unter den wenigen Zuschauern befanden sich Narnia und der wahnwitzige Falkner. „Los.“

Wir gingen hinüber. Ich blieb im seitlichen Eingang sitzen und vergewisserte mich trotz der einwandfrei verlaufenen Prüfungen und aller abgehakten Listen vom Zustand der Werkzeuge und der wenigen Vorräte. Der Innenraum mit seinen vielen Handgriffen aus dicken, geflochtenen Sehnenschnüren roch nach dem Zedernöl, mit dem Arconrik das Leder des großen Spezialsessels imprägniert hatte.

Narnia küßte mich schweigend. Ich versicherte ihr, in der Nacht, am Morgen oder früher zurück zu sein.

Ich kletterte ins Innere. In der Mitte der langen Röhre konnte ich aufrecht stehen. Sie war an dieser Stelle mehr als mannshoch. Ich verschloß mit den einfachen Klemmriegeln die äußere, dann die innere Schleuse und setzte mich. Breite gepolsterte Gurte hielten meine Oberschenkel, die Schultern und die Brust im Sessel fest; den Brustgurt befestigte ich noch nicht. Durch die Bullaugen rechts und links des mittlerweile mit weitaus mehr Anzeigen und Instrumenten ausgestatteten Pultes blickten Narnia und Arconrik.

Ich schaltete die Funkgeräte aus und wieder ein und sagte:

„Geht vom Schiff zurück. Ich steige auf.“

„Sofort.“

Ich winkte kurz in beide Richtungen, aktivierte nacheinander alle Steigmotoren und bewegte dann die leichtgängigen Regler. Die lange Spiralfeder für das Uhrwerk der Pumpe gab einen schnarrenden Laut von sich. Langsam hob sich das Schiff aus Bronze. Ich ließ es waagrecht steigen, bis auf zweihundert arkonidische *meter*.

„Ich schalte den Recorder ein“, sagte ich. „Unterbrich mich vorläufig nicht.“

„Wie abgesprochen.“

Wie beim ersten Flug richtete ich die Spitze, die einem seltsamen Vogelschnabel glich, höher und ging in einen Steigflug über. Das Schiff gehorchte jedem Handgriff und begann, einen Kreis nach dem anderen zu beschreiben. Ich blickte nicht ein einzigesmal nach unten und kontrollierte Schritt um Schritt, je nach Ansage des Bandes, die notwendigen Handgriffe. Ich stieg weiter: eintausend, eintausendfünfhundert, zweitausend *meter*.

Vergiß nicht, daß du keine Außenluft atmen kannst, warnte mich überflüssigerweise der Logiksektor.

Dreitausend.

Dreitausendfünfhundert. Jetzt überblickte ich einen Großteil des Kontinents; Wolken verhinderten die Sicht zum Meer im Norden. Ich begann mich wie ein Vogel zu fühlen, griff nach dem Ventil über meinem Kopf und zog daran. Ein Luftstrom pfiff gellend durch das winzige Loch hinaus. Noch war es nicht kälter geworden; ich würde es in meinem Gesicht, auf der Haut, sofort spüren. Als ich viertausenddreihundert auf den Instrumenten abgelesen hatte, stellte ich die Steuerung gerade und sagte:

„Die Gleitertriebwerke schaffen es nicht mehr höher, Rico. Ich versuche den nächsten Teil.“

„Verstanden.“

Zuerst schloß ich den Raumanzug, orientierte mich, wo die Sonne stand und wußte, daß wir bisher nur vergessen hatten, die Bullaugen innen mit Blenden zu versehen.

Ich richtete die Nase des Schiffes so weit aufwärts, wie es möglich war. Dann schob ich den Geschwindigkeitshebel ganz bis zum Anschlag nach vorn und zog ihn um einen Fingerbreit wieder zurück. Die Nadel des Geschwindigkeitsanzeigers begann schnell zu klettern. Leicht schräg zur Planetenoberfläche, schneller, immer schneller, schoß ich dahin, in westliche Richtung, die Sonne in meinem Rücken. Die Klappen an den Flügeln erzeugten in der dünnen Lufthülle immer noch Auftrieb. Ich stieg auf viertausendfünfhundert... fünftausend, dann riß die Strömung ab.

„Zündung eins!“ sagte ich.

Die Verbindung war mit zwei Geräten klar, ein drittes knisterte und zeigte erste Ausfallerscheinungen. Ich schaltete es aus. Es war für kürzere Entfernungen hervorragend, fing jetzt zu versagen an. Dann führte ich mit akribischer Genauigkeit alle jene Schaltunen durch, die der Recorder mit meiner Stimme befahl. Ich schloß den Raumhelm, schaltete die Systeme der Innenversorgung ein und stellte eine Kabelverbindung mit dem Funkgerät des Instrumentenpults her.

„Zündung – jetzt!“

„Alles klar?“

Ich drückte auf den ersten Knopf. Mit der anderen Hand schloß ich den Schultergurt und zog einen Hebel. An den Knien und von den Hüften aufwärts klappten die gepolsterten Seitenteile des Sessels hoch und begannen mich einzuklemmen.

Die Eigengeschwindigkeit des Fluggeräts war so hoch wie nie zuvor. Wir jagten in einem Winkel von zwölf Grad aufwärts nach Westen. Weit vor mir ahnte ich bereits die endlose Fläche des Ozeans. Dann, urplötzlich, traf ein gewaltiger Hieb die Konstruktion, preßte mich mit aller Gewalt in den Sessel. Ich konnte gerade noch die Bewegung zu Ende führen, mit der ich die Triebwerke ausgeschaltet hatte. Die erste Feststoffhülse hatte gezündet. In den kleinen Spiegeln, die vor den Bullaugen hingen und stark vibrierten, sah ich eine grelle Stichflamme und eine gewaltige Rauchwolke. Das Sternenschiff zitterte und ächzte, aber es bewegte sich geradeaus, von der Planetenoberfläche hinweg.

Der Andruck preßte mich in den Sitz.

Ich wog mindestens dreimal soviel wie sonst. Der Druck wurde stärker; es flimmerte vor meinen Augen. Trotzdem drückte ich einen Hebel in der rechten Armlehne. Wieder zündeten zwei kleine Triebwerke und hoben die Vorderflügel an. Die Helligkeit, die innerhalb der Lufthülle herrschte, verging langsam, während noch immer die mächtige Flamme am unteren Ende des Schiffes toste und donnerte. Sie schien leiser zu werden, ließ aber an Kraft nicht nach.

Die Sterne wurden durch die Bullaugen sichtbar. Ich erhaschte einen undeutlichen Blick in die Rückspiegel – die Stichflamme deutete, falls ich nicht sehr irrte, genau auf den Mittelpunkt der Wolken, des Landes und des ringsum abfallenden Horizonts.

Das Triebwerk brannte eine Ewigkeit. Die Zeiger der Uhren tanzten und zitterten wie alles andere. Mein Herz schlug rasend schnell, ich konnte mich noch immer nicht rühren. Ich fühlte, wie meine Gesichtshaut nach hinten gezogen wurde, wie meine Arme und Beine blutleer zu werden schienen, wie sich langsam eine Bewußtlosigkeit näherte.

Scharf und deutlich hörte ich hingegen durch das immer leiser werdende Dröhnen und Klirren die Stimme Arconriks.

„... unter impulsivem Einsatz immanenter, bis zum Moment der Effektuirung des Impulses latenter Energien löste sich die amphibielle Kreatur von ihrem habituellen Standort und...“

„Hör mit dem Schwachsinn auf!“ ächzte ich. Ungerührt antwortete Arconrik:

„Ich muß feststellen, ob du bereits nachlassende Leistungen zeigst. Du mußt sagen, was der Text bedeutet...“

„Ich werde alles andere tun!“

„... und verschwand, eine von Wurfgesetzen diktierte Parabellinie beschreibend...“

Schlagartig ließ der Andruck nach. Das Triebwerk war ausgebrannt. Ich sah durch die Glasscheiben Dunkelheit voller Sterne. Die Sonne brannte lodernd auf den Tragflächen. Ich mußte das Visier herunterklappen; meine Augen fingen zu schmerzen und zu tränen an. Salziges Sekret sickerte über meine Wangen.

„... nach Erreichen des ihr adäquaten Elements in den mehr oder weniger durchsichtigen Existenzräumen. Löse dieses Rätsel, Atlan."

Der wirkliche Raumflug fing an.

Ich war schwerelos. Die Gurte hielten mich am Sessel fest. Ich stemmte mich in die Gegenrichtung und stieß den Hebel wieder nach vorn. Die Seitenteile klappten herunter und gaben mich frei. Es war alles unheimlich ruhig. Ich öffnete vorsichtig den Helm und machte eine Sprechprobe.

„Da ich dich gut verstehe – deine Stimme klingt unverändert –, würde ich sagen, daß die Kabine dicht ist", sagte Arconrik.

Ich konnte kein Zischen entdecken. Offenbar waren die Lecks, wenn es welche gab, so fein, daß nur vernachlässigbar wenig Luft entwich. Ich hatte einen Vorrat im Raumanzug, und zwei Preßlufttanks waren an die kleine Pumpe angeschlossen.

„Das Sternenschiff treibt schwerelos dahin", sagte ich. „Ich mache so weiter, wie wir es festgelegt haben."

Das Innere kühlte nicht ab. Noch nicht? Immerhin war eine Seite der Sonne zugekehrt, die andere lag im schwarzen Schlagschatten. Der Entfernungsmesser zeigte eine erstaunliche Zahl an.

155.000

Und die Zahlen bewegten sich noch immer rasend schnell. Noch trug der Impuls des erstaunlichen Triebwerks mich weiter und weiter vom Planeten fort. Nur einmal in den langen Jahren der Gefangenschaft, im Goldenen Raumschiff, hatte ich mich von meinem Gefängnis weiter entfernt gehabt. Wie unendlich lange lag es zurück?

Ein Blick durch die Bullaugen: die Sterne und der Mond bewegten sich nicht. Also verlief der Flug des ebenfalls ruhig liegenden Schiffes auf einer Geraden.

Keine Euphorie! warnte der Logiksektor zutreffend. *Du hast in Wirklichkeit den Planeten noch nicht verlassen*!

Ich wußte dies sehr genau.

Zuerst öffnete ich das Ventil der ersten Druckflasche. Preßluft strömte mit feinem Zischen heraus. Dann löste ich die Sperre der Unruh. Das Uhrwerk begann zu ticken und trieb einen winzigen Propeller an, der die Luft bewegte. Dann schaltete ich die Sauerstoffversorgung des Anzugs ab.

Die Temperatur blieb konstant. Seit dem Aussetzen der Zündung waren mehr als eineinhalb Stunden vergangen.

Ich sagte mir mit großer Befriedigung, daß meine Fähigkeit, mich in der Schwerelosigkeit zu bewegen, ähnlich geartet war wie die des Schwimmens: Einmal richtig gelernt, und man wandte diese Kunst an, ohne nachzudenken und erfolgreich.

„Noch bin ich auf direktem Kurs irgendwohin!" sagte ich. Arconrik und Narnia antworteten fast gleichzeitig.

„Zum Haar der Berenike?"

Ich lachte. Die richtige Antwort fiel mir schwer. Zur Überbrückung nahm ich einen Schluck aus dem Lederbeutel, der sich kugelförmig aufgebläht hatte.

„Ich weiß nicht, wohin. Ich habe, wie ihr wißt, nach geradeaus vorn keinen direkten Blick. Aber es sind Sterne. Bewegungslos, groß und herrlich. Auch unseren zweiten Planeten habe ich noch nicht entdeckt."

„Verstanden. Was bedeutet mein Text?" wollte Arconrik beharrlich wissen. Ich grinste und erwiderte:

„Die Erklärung: diesem Lebewesen ging es so wie mir vor kurzer Zeit."

„Der Text! Die Bedeutung?"

„*Der Frosch*", sagte ich, „*springt ins Wasser*! Zufrieden?"

„Ich registriere, daß dein analytischer Verstand noch gut arbeitet", erwiderte Arconrik.

Wenn ich jetzt die übrigen Feststoff-Triebwerke zündete, eines nach dem anderen, würde ich weiterfliegen, immer tiefer in die Schwärze hinein und dem hypnotischen Eindruck der Sterne entgegen. Ich riß mich von dem Bild los und stieß mich ab. Langsam, immer wieder von einer Seite zur anderen schleudernd, trieb ich zum Sessel, schwang mich hinein und befestigte meinen Bekkengurt.

Natürlich war ich ohne die Hilfe der positronischen Rechner nicht in der Lage, alle jene Verhältnisse zwischen Schub, Gewicht, Länge und Zeitdauer des Fluges zu berechnen. Nicht einmal andeutungsweise. Aber ich erkannte, mehr gefühlsmäßig als kalkulierend, daß der Flug tatsächlich möglich war. In den Ohren knackte es. Ich griff wieder nach dem Knauf und öffnete das Ventil. Abermals bewegten sich meine Trommelfelle. Sofort, vom Luftstrom bewegt, der ins All hinauspfiff und wie eine Düse wirkte, wich die Nase der LARSAF DREI von der Geraden ab. Es wurde schlagartig kühler in meinem metallenen Abteil.

Für diesen kurzen Flug bedeutete das Fehlen vieler Gegenstände, Geräte und Einrichtungen nicht viel. Luftreinigung und Wiederverwertung, Wärme und Kälte – dies ließ sich durch Abstrahlung verhindern oder hervorrufen, also durch bestimmte Stellung zur Sonne, auf die ich zufliegen würde – das Problem der Nahrung und der Versuch, mit Arconrik weiterhin sprechen zu können. Ich hatte bei diesem Gedanken bereits eine Idee, die mir leicht durchführbar erschien.

Die Bahn des zweiten Planeten war, rechnete ich die Bahndaten von Larsaf Zwei und Drei der Einfachheit halber als Kreise, 108.15 Millionen arkonidische *Tausendmeter* von der Sonne entfernt, die von Drei, „meinem“ Planeten, 149.50 Millionen. Also trennten die Bahnkreise „nur“ 41.35 Millionen. Da die LARSAF DREI eine sorgsam berechnete ballistische Bahn fliegen mußte, vergrößerte sich diese Distanz. Um wieviel?

Auch das war von den Computern leicht auszurechnen.

Sie würden mir auch die Tage und Monde nennen können, an denen ich zu starten hatte. Aber wie lange dauerten dann die Flüge?

Noch trieb ich von Larsaf Drei weg, hinaus ins All. Nicht mehr lange.

Ich glaubte, zu spüren, wie sich die Bewegung verlangsamte. Ein Blick auf den Entfernungsmesser. Die Zahlen änderten sich fast kriechend.

„Arconrik? Verständigung klar?„

Ich spannte alle meine Sinne an. Ich durfte nicht riskieren, daß auch nur ein Teil der einfachen Einrichtung versagte. Wurde die Luft schon schlecht? Ich hatte die Sicherheit des Raumanzugs.

„Klar. Ich höre."

„In kurzer Zeit werde ich umkehren müssen. Die Anziehungskraft beginnt den kinetischen Impuls zu neutralisieren."

„Der Zeitpunkt deckt sich ziemlich genau mit den Berechnungen."

„Ich bin beruhigt. Mir geht es gut."

„Das wollte Narnia wissen."

„Sie kann beruhigt sein."

„Ende."

Auch das Problem, meine Exkremente und alle anderen Abfälle zu beseitigen, löste ich nach kurzem Nachdenken. Voraussetzungen waren einwandfreie Möglichkeiten, Metallverbindungen abzudichten und trotzdem beweglich zu halten. Auf dem zweiten Planeten hatte ich eine stark bewegte, heiße und feuchte, aber atembare Lufthülle.

Ich blickte auf die Uhr.

Vor genau sieben Stunden war ich gestartet. Sieben Stunden! Ich hatte geglaubt, höchstens drei Stunden wären vergangen. Das Fehlen der Geräusche außer dem Tikken und Surren war ein weiteres Problem. Ich brauchte Musik und Worte. Also brauchte ich entsprechende Wiedergabegeräte, wenn mich Arconriks Sender nicht mehr erreichten und ich ihn nicht mehr. Ein weiterer Kreis von Problemen.

Und: wie fand ich Larsaf Zwei? Ich löste den Gurt und

trieb zum nächsterreichbaren Bullauge. Ich starrte hinaus und sah Tausende und aber Tausende von Sternen. Auch ein Planet war für meine Augen nichts anderes als ein größerer Stern. Überdies konnte er sich auf der gegenüberliegenden Seite der Sonne befinden. Ich gab es auf und widmete mich dem Bild der Erde. Sie lag nicht mehr ganz genau hinter dem Heck des Raumschiffs. Inzwischen hatte sich die gigantische Kugel gedreht, und ich würde meine Not damit haben, die richtige Stelle wiederzufinden. Aber die Energievorräte der Gleitertriebwerke waren, verglichen mit allen anderen Systemen, geradezu grenzenlos.

Das Sonnenlicht lag nicht nur gleißend auf allen sichtbaren Metallflächen, sondern auch auf den Wolken. Ich erkannte einzelne Großstrukturen, darunter gelbe, blaue und braune Flächen, Gebirge, Seen und Meere – ich hatte in der Tasche des Sesselrückens alle Höhenaufnahmen stecken, die wir diesmal mitgenommen hatten aus der Tiefseekuppel.

Nach einer Stunde: jetzt liefen die Zahlen rückwärts. Ich meldete es an Arconrik. Ich merkte an der Verständigung, daß er sich inzwischen weit von mir entfernt hatte... der Planet drehte sich unter mir. Ich versuchte, einzelne große Gebiete klar auszumachen und fand immerhin heraus, daß ich mich auf einem Punkt hoch über der gedachten Linie zwischen der nördlichen und südlichen Hemisphäre befand.

Der langsame Sturz der LARSAF hatte begonnen.

Ich trank Wasser, einen Schluck Wein, aß Nüsse, Oliven und eine Scheibe fetten Braten. Auch ein feuchtes Handtuch hatten wir vergessen. Mein photographisches Gedächtnis würde sich diese Punkte ebenso merken, wie es sich die Umrisse von Geländemerkmalen eingeprägt hatte. Beim nächsten Blick aus dem Bullauge sah ich, daß das Schiff annähernd parallel zum Planetenboden schwebte. Zahlreiche kleine Stöße und Bewegungen im Innern hatten die Lage verändert. Noch gab es keinen bemerkbaren Luftwiderstand. Unter mir lag jetzt eine endlose Meeresfläche, über der sich unaufhörlich Wolken bildeten und ihre Umrisse veränderten: strahlendes Weiß über tiefblauem Hintergrund.

Meine Fallgeschwindigkeit nahm zu. Ich befand mich noch immer über offenem Meer. Inseln, die weit im Osten lagen, etwa auf der Teilungslinie, zogen langsam unter mir vorbei. Natürlich war auch das Schiff nicht unbeeinflußt geblieben; die Planetendrehung schleppte mich mit sich. Also mußte in absehbarer Zeit wieder, von Westen herankommend, Afrika unter mir auftauchen.

Das Schiff lag noch immer waagrecht. Ich trank noch einige Schlucke Wein aus der kleineren, fast kugelrunden Lederhülle. Geduldig wartete ich, bis ich Arconriks Stimme wieder gut verstehen konnte. Wir tauschten sämtliche Informationen aus, die sich inzwischen angesammelt hatten. Ich wollte vermeiden, die zunehmende Sinkgeschwindigkeit abzubremsen, indem ich einen zweiten Feststoffkörper zündete. Noch immer spürte ich keinen Luftwiderstand, auch machte ich keine erkennbare Fahrt über dem Grund. Also wartete ich; meine Ungeduld nahm nun schneller zu als die Fähigkeit, mich abzulenken.

Sämtliche Bewohner der Oase warteten inzwischen auf das Erscheinen des Sternenvogels. Das Schiff hatte mittlerweile wohl ein Dutzend poetischer Namen. Und ich wurde mehr und mehr zu Daidalos.

Dann spürte ich die ersten, ruckenden Bewegungen. Ich begann mich anzuschnallen und bewegte sämtliche Hebel, die mit der Steuerung eines gleitenden Objekts zu tun hatten.

Sehr viel laienhafter, sagte ich mir, kann Raumfahrt wirklich nicht betrieben werden!

Die LARSAF fiel schneller. Ich konnte ihren Kurs inzwischen ein wenig beeinflussen und steuerte in eine große Linkskurve. Aus der Kurve wurde ein riesiger Kreis, noch immer über dem blauen Meer. Die Sonne stand tatsächlich, als ich mich nach dem Planetenboden orientieren konnte, an anderer Stelle. Ich war irgendeine rechnerisch schwer nachvollziehbare Figur geflogen, alles, nur keine Gerade.

„Bei dir ist es tiefe Nacht, nicht wahr?“ fragte ich. Sofort antwortete der unerschütterliche Roboter:

„Zur Zeit deiner Landung dürfte gerade die Sonne über der Oase aufgehen.“

„Und Narnia?“

„Wird dich hohläugig begrüßen. Sie hat kaum geschlafen.“

„Ich auch nicht“, sagte ich. „Es wird langsam gefährlich.“

Es gab mehr Luftwiderstand. Ich stellte die Triebwerke auf Leerlauf und schaltete sie ein. Die ersten Geräusche drangen durch die dicke Isolierung. Die Hebel in meinen Händen fingen zu zittern und zu rütteln an. Aber gehorsam flog, während unter mir der Rand des Kontinents auftauchte, das Schiff im Kreis, leicht zu dessen Mittelpunkt geneigt, so daß ich immer wieder durch das Bullauge einen guten Blick hatte. Ich verglich die Eindrücke und war meiner Sache ziemlich sicher.

Neuntausend... und abnehmend.

Die Geschwindigkeit nahm zu. Das Heulen wurde schriller und schärfer. Die Vibrationen änderten ihre Art. Längst war ich aus dem Bereich der Schwerelosigkeit heraus. Larsaf Drei zerrte an jedem Teil der Konstruktion und ganz besonders an meinem Magen. Der harte Klumpen darin schien aus Blei zu sein. In einer Höhe von siebentausend hob ich die Spitze des Schiffes und gab volle Energie auf die bremsenden Triebwerke. Eine Reihe starker Rucke schüttelte das Schiff. Wir hatten gut gerechnet und ebenso gut gearbeitet: nicht eine Schraube löste sich. Noch einmal dasselbe Manöver, und das nervenzersägende Geräusch glitt in einen tieferen Bereich herunter. Als ich sicher sein konnte, daß die Triebwerke einen weitaus höheren Wirkungsgrad haben würden, gelang es mir, die Geschwindigkeit bis auf einen Wert herunterzubringen, den ich nicht kannte, der mich aber beruhigte. Und endlich kamen die Berge, das Rote Meer und jener Teil des Kontinents, auf dem ich landen würde, in Sicht.

Die Schatten waren lang und tiefschwarz. Ich zog meine Kreise wie Khach'ts Falken, ging tiefer und tiefer und handhabte das Schiff schließlich wie einen Höhengleiter. Schließlich holte ich weit aus, näherte mich der Gegend um die Oase von Osten, also mit der Sonne im Rücken.

„Eine Volksmenge starrt zum Himmel und sieht die Schöpfung ihrer Handwerker", klärte mich Arconrik auf. „Wo landest du?"

„Zweckmäßigerweise am Startplatz", sagte ich.

Die letzte Distanz war ebenso einfach wie der Start. Ich umrundete zweimal die Oase, bremste immer wieder, wurde langsamer und ging tiefer und landete senkrecht dicht vor dem weit offenen, dunklen Tor der Halle.

Nacheinander schaltete ich alles aus. Ich schnallte mich los, desaktivierte den Raumanzug und fühlte, als ich nach hinten turnte und das Ventil der Druckflasche schloß, eine erbärmliche Schwäche in den Knien. Dann entriegelte ich die Schleusentüren und kletterte ins Freie.

Narnia kam herangelaufen und warf sich an meine Brust. Sie weinte und lachte gleichzeitig, und schließlich halfen sie mir aus dem Raumanzug heraus.

Die Luft, die aus dem Flugapparat herauswehte, stank ganz seltsam. Jedenfalls nicht mehr nach Zedernöl.

„Wir haben uns selbst übertroffen, Arconrik", sagte ich mit rauher Stimme, einen Arm um Narnias Schultern und in der Hand einen Pokal voller Wein. Meine Finger zitterten, als ich das schwere Ding an die Lippen hob. „ES hat nicht geholfen, dennoch hielten alle Schrauben und Nieten."

Im Heckbereich sah ich Flammen- und Rauchspuren. Arconrik nickte und antwortete:

„Du hattest, ohne es recht zu begreifen, mehrere Dutzend Probleme. Wir brauchen noch unzählige Geräte. Aber, immerhin, die Grundidee ist offensichtlich richtig. Wenn ihr euch dem Taumel der Wiedersehensfreude hingebt, werde ich jede Handbreit des Schiffes aus Bronze genau untersuchen."

Er würde alles finden, was zu finden war. Mehr noch: bei ihm waren alle technischen Probleme gut aufgehoben. Beim endgültigen Flug nach Larsafs zweiter Planetenwelt würden wir alles richtig machen. Und besser als heute.

Schließlich hängt dein Leben davon ab, flüsterte der Logiksektor.

Überall standen die Bewohner der Oase und winkten. Hellhäutige und dunkelhäutige, alt und jung, Frauen und Männer... sie alle riefen uns begeisterte Worte zu und freuten sich, daß der Vogel aus kostbar verzierter Bronze wieder vor der Halle lag.

„Wie war es? Was hast du dort oben gesehen? Warst du zwischen den Sternen? Hast du die andere Welt gesehen?" überschüttete mich Narnia mit zusammenhanglosen Fragen. Ich spürte erst jetzt die volle Tiefe der Erschöpfung. Ich war unendlich müde. Jeder Schluck Wein, den mir die Menschen entgegenreichten, ließ mich stärker schwanken. Ich versuchte, Antworten zu finden und ließ mich von Narnia zum Haus ziehen und schleppen.

„Vielleicht habe ich die andere Welt gesehen", sagte ich stockend. „Ich weiß es nicht. Ich weiß nur, daß ich froh bin, wieder bei dir auf unserer Welt zu sein."

„Wir reden später, ja?"

„Ich brauche ein heißes Bad, deine Nähe und einen tiefen, langen Schlaf", sagte ich und spürte die warmen, pulsierenden Ströme, die vom versteckten Zellschwingungsaktivator ausgingen. Die feinen Narben schmerzten. Ich drehte mich noch einmal um, blickte in Dutzende bekannter Gesichter und rief:

„Wenn ich ausgeruht bin, feiern wir ein großes Fest. Unser Vogel aus Bronze tat einen weiten, herrlichen Flug!"

Alle schrien und jubelten, obwohl sie die Konsequenzen nicht einmal ahnen konnten. Wir gingen ins Haus. Usha schien geahnt zu haben, was mir fehlte. Trotz des leichten Schwindels roch ich die Kräuter und Öle des Badewassers.

„Unglaublich", sagte ich. „Jetzt, wo alles vorbei ist, kann ich es nicht glauben. Ich habe die Welt fast verlassen gehabt. Es war aufregend. Und einsam."

Ich zog mich aus, ließ mich ins heiße Wasser gleiten und versuchte mich zu entspannen. Es war eine wirkungsvolle Therapie. Ich vergaß, was meine Überlegungen förmlich überflutete, schlief mitten unter Narnias Liebkosungen ein und wachte wieder auf, als mich mitten in der Nacht der Lärm des Festes aus einem ruhigen, tiefen Schlaf riß. Ich fühlte mich wunderbar frisch und leicht. Ich stand, nachdem ich mich erfrischt und in neue Kleidung geschlüpft war, plötzlich mitten unter den Feiernden. Der riesige Tisch prangte auf der Terrasse, mehr als fünfzig Personen standen und saßen in der Halle und unter den vielen Lichtern.

Usha reichte mir einen großen Becher kaltes Bier. Ich nahm einen langen Zug, der mir so gut schmeckte, als hätte ich wochenlang mitten in der Wüste gedürstet.

„Zu uns, Demetrion Atlan. Hierher!"

Ich blickte in lachende Gesichter. Tilnemu, Oncusind und Begaspoint hatten ihre Wahl getroffen. Die Mädchen, vor einem Mond noch Sklavinnen, waren fröhlich und schienen das Leben bei uns zu genießen. Auch Yatnadl, einen der besten Metallhandwerker und „Erfinder", sah ich an der Seite eines braunhäutigen Mädchens, das mit uns gekommen war.

Narnia und Usha hängten sich an meine Arme. Das Bier roch frisch und verlockend. Arconrik schob sich durch die Menge und roch an einem Weinpokal.

„Ich frage mich", sagte ich zu ihm, „warum sie sich derart freuen. Sie haben nichts anderes gesehen als das fliegende Ding."

Die Begeisterung war echt; es mochte auch damit zusammenhängen, daß jedermann den anderen ansteckte. Ich blickte mich suchend um. Auch Khach't war da und schäkerte mit den Mädchen. Sklaven in Ketten konnte ich keine entdecken.

„Sie ahnen, daß dieser Vogel die Oase allen anderen Menschen überlegen macht. Sie wissen, daß wir schneller und sicherer reisen als jede Karawane, jedes Schiff", versuchte er mir zu erklären. Ich winkte zum Falkner hinüber.

„Eine zufriedenstellende Erklärung", brummte ich. „Ich will heute nicht darüber nachdenken, was noch alles vor uns liegt. Arbeiten wir weiter an dem schönsten Sternenschiff dieses Sonnensystems?"

„Bis auf weiteres."

Khach't setzte sich, nachdem er seine lüsternen Verabredungen getroffen hatte, zu mir. Er beglückwünschte mich zu dem Erfolg. Schließlich war er unter allen der einzige, der die volle Tragweite des Versuchs wirklich begriff. Dann wiegte er nachdenklich seinen schmalen, zerknitterten Schädel und meinte:

„Ich habe schon einmal warnen müssen. Wie lange geht das noch gut, Atlan?"

„Keine Ahnung. Gibt es Anzeichen, daß wir unsere Arbeiten unterbrechen müssen? In diesem Fall wäre es mir nicht unrecht. Eine Masse technischer und astronomischer Probleme sind zu lösen. Schwere Aufgabe!"

Er nahm einem vorbeigehenden Jungen einen Weinbecher vom Tablett und versicherte:

„Ich werde euch raten und warnen, wenn ich etwas spüre oder erfahre. Warum sich ES nicht an euch wendet, ist mir schleierhaft." Und nach einem gewaltigen Schluck: „Was ich hingegen weiß, ist, daß der Caesar Marc Aurel zu seinen vergeblich göttlichen Ahnen versammelt wurde. Sein bisheriger Mitregent, Commodus, sitzt auf dem Thron des Römischen Reiches. Er ist zu jung und trägt alle Züge eines Nero zu dessen schlimmster Zeit."

„Abgesehen davon, daß er nicht der letzte Caesar sein wird und nicht der vorletzte – ist es wichtig für uns? Für das Schiff, die Oase und unsere Ruhe und sorgenlose Freiheit?“ erkundigte ich mich.

Die Musik und das Gelächter, die vielen heiteren Stimmen, der Geruch nach Speisen und Gebratenem, die Freunde, mit denen ich zusammensaß, das alles, zusammen mit der warmen Nacht und den Insekten, die mit phosphoreszierenden Leibern wie Funken durch die Zweige schwirrten, machten mich sorglos und leichtsinnig. Rom war unendlich weit entfernt.

„Indirekt“, antwortete er. „Du weißt, daß meine Falken weite Strecken zurücklegen und hoch fliegen. So wie gewisse Geräte deines unfehlbaren Freundes Arconrik.“

„Bekannt. Was hast du gesehen?“

„Du weißt, daß die Zweite Legion in Nicopolis nahe Alexandria liegt.“

„Daß es die Zweite ist, weiß ich nicht, aber wir sahen ein großes Lager und alles, was dazu gehört.“

„Möglich, daß Commodus den Befehl gab. Sie kommen, gut ausgerüstet, den Fluß aufwärts. Zwar bewegen sie sich langsam und vorsichtig, und niemand weiß, wie weit sie vorstoßen werden, aber du kennst die bohrende Hartnäckigkeit der Legionäre.“

„Ich kenne so manches. Weißt du, was sie wollen?“

„Die Grenzen des Römischen Reiches erweitern, was sonst. Sie hörten wohl von reichen Städten am Oberlauf. Obwohl es nicht stimmt. Aber wo ein Weg ist und Wasser, da ist auch bald ein Römer mit Schwert und Helmbusch.“

„Du meinst, wir sollten ihnen klarmachen, daß es sich nicht lohnt, den Strom bis zu seinen Quellen erforschen und in Besitz nehmen zu wollen?“

„Da ES die Oase kennt und billigt – was ich weiß! –, dürfte es ein Entschluß sein, der ihn zumindest beruhigt. Kein Risiko für ES, so wie deine Reisepläne zwischen den Sternen.“

Arconrik hatte zugehört. Ich war sicher, daß er über

die Relaisstationen bereits seine Spionsonden in die wichtigen Positionen steuerte, ohne daß wir etwas anderes sahen als den unverändert heiteren, klugen Ausdruck seines Gesichts.

„Wir sollten das Fest genießen“, sagte ich nach kurzer Überlegung. „Es hält für jeden etwas Schönes bereit. Um die Römer kümmere ich mich, wenn es an der Zeit ist. Noch etwas: wann würden sie hier sein, wenn sie in der gleichen Geschwindigkeit weitermarschieren?“

„In vier, fünf Monden.“

Ich leerte den Bierkrug und deutete damit zu den Tischen, wo sie die Würste, Schinken und Bratenstücke und Brot austeilten.

„In einem halben Jahr werden sie wissen, daß der Süden trostlos, unfruchtbar, menschenleer und mörderisch ist“, versprach ich. „Aus Afrika kommt immer etwas neues Schlechtes. Diesmal hat es einen Namen.“

Arconrik kicherte hohl und sagte:

„Demetrion Atlan.“

Wir liefen hinüber und erstaunten unsere Oasenbewohner durch einen grandiosen Appetit und durch eine Stimmung, die sie an uns nicht kannten. Wir waren unter den letzten Nachtschwärmern und fielen, trunken von Alkohol und Heiterkeit zufrieden in unsere Betten, als der Morgen dämmerte.

7.

Ich stand neben der Werkbank, stemmte die ruß- und ölverschmutzten Hände gegen meine nackten Hüften und schüttelte den Kopf.

„Du weißt es längst, Arconrik“, sagte ich entschieden. „Ohne die Maschinen der Kuppel kommen wir nicht mehr weiter.“

„Wir haben getan, was wir *hier* tun konnten!“ beharrte

er. Klirrend warf er ein Werkzeug zurück in die Metalltrümmer auf der Holzplatte.

„Es ist klüger, rechtzeitig aufzuhören!" sagte ich.

„Einverstanden. Ob du in zehn Monden startest oder in einem Jahrzehnt, ist unwichtig."

Vielleicht hätten wir mit unserer umfangreichen Ausrüstung noch das eine oder andere technische Problem gelöst. Aber sämtliche Berechnungen und sogar selbst der Versuch, das Ziel zu finden und anzusteuern, sobald die LARSAF DREI die Lufthülle verlassen hatte, mußten in Ruhe und mit den weitaus höheren Möglichkeiten in der Kuppel unternommen werden. Für uns konnte diese Erkenntnis nur heißen, daß wir den bronzenen Vogel in einen Zustand versetzten, der ihn unbestimmte Zeit konservierte – und dann die Halle wieder verstecken.

„Beschlossene Sache", ordnete ich an. „Du kümmerst dich um dieses einmalige Gerät. Wir alle bereiten die eineinhalbtausend Freunde auf unser Verschwinden vor und lehren sie, die nächste Zeit ebenso gut zu überstehen wie die letzten Jahre ohne uns."

„Und du führst deinen Plan aus."

„Genauso wird es geschehen!" versicherte ich. „Wir wissen, wann es an der Zeit ist, aufzuhören."

Ich ging hinunter zum Fluß, um mich zu reinigen und zu schwimmen. Während ich mich keuchend durch das kühle Wasser bewegte, dachte ich an die Bilder und Gespräche, die wir aufgefangen hatten. Commodus, der Sohn und Nachfolger des philosophischen Marcus Aurelius, entpuppte sich als wahres Scheusal. Rom hatte bisher nachweislich viel verdaut: eine Reihe ausschweifender, mordgieriger Intriganten, größenwahnsinniger und bluttriefender Mörder und irrer Männer, die sich für Gott hielten. Aber Commodus schien es mit ihnen allen aufnehmen zu können, trotz seiner Jugend und wegen seiner eigenartigen Phantasie. „Er ließ ihn töten, um ihn einzuschüchtern!" hieß es in Roms Straßen.

Wenn seine Soldaten jemals die Oase erreichten, dann

war dieses Paradies für alle Zeiten ausgelöscht und verwüstet. Jahrhunderte des Aufbauens würden binnen Viertelmonden verloren sein. Das angehäufte Wissen, die Kenntnisse, beschriebene Pergamente und die zahllosen halbversteckten Erfindungen aus der Vergangenheit! Lieber sollte der Sand alles zudecken.

Es gibt nur einen Weg. Geh hin und vertreibe sie. Sie müssen in Rom berichten, daß sie aus der Hölle kommen, befahl der Logiksektor. Ich würde gehorchen.

Während wir die Bilder studierten und Pläne machten, richteten wir alle es so ein, daß unser Rat häufiger denn je gebraucht wurde. Sido Eos, die junge Frau, war in India versklavt worden und brachte in Yatnadls Familie die Kenntnisse der Webkunst. Bald hatten wir Webstühle nachkonstruiert und verbessert, auf denen aus Leinen und der gesponnenen Wolle herrliche Stoffe mit farbigen Mustern gewebt wurden. Natürlich waren es nur kleine Schritte bis zu wasserechten Farben und Mustern, die von Usha und Narnia gezeichnet und getuscht wurden.

Der Kanal und der See waren fertig, und wir öffneten die Schleusen. An den Ufern, in tiefen Pflanzgruben, wuchsen die Palmen heran, von Schutzzäunen umgeben. Die Setzlinge gingen bis auf wenige an.

Alle Werkzeuge wurden erneuert, die verschiedenen Wasserräder und Mühlen ausgebessert. Arconrik brachte Begaspoint und dem ehemaligen Räuberanführer Gutnacan bei, wie der Generator zu behandeln und gegebenenfalls instand zu setzen war, wie man ihn ein- und ausschaltete und versorgte. Unverändert bewachte Xandar die Oase. Es fand in unserer Zeit kein weiterer Überfall mehr statt.

Ich fing an, einen schwarzen Hengst und einen gescheckten Wallach zu trainieren. Ich hatte lange gesucht, um aus den Tieren die besten und stärksten herauszufinden; sie mußten überdies die Gespanne ziehen, und ich brauchte lernfähige und willige Reittiere für meinen Kriegszug gegen die Legionäre.

Felder, Weiden, Schutzzäune und die vielen kleinen

Dinge, die den Alltag leichter machten, die Ausbildung der Heilkundigen, ein neues Konzept für die Schulen, den nur halb geglückten Versuch, die unterschiedlichen Glaubensrichtungen oder Religionen zu vereinbaren, Erklärungen dafür, daß kein zweiter Flug mehr stattgefunden und man die Tore der Halle wieder mit Sand und schnellwachsenden Gewächsen verschlossen hatte... all das nahm unsere Tage voll in Anspruch. Die Metallschmelze und die Schmiede erhielten neue Ausstattungen und arbeiteten bald nach neuartigen Verfahren.

Die Tage vergingen schnell.

In den Nächten und an langen Abenden saßen wir zusammen und genossen jede Stunde.

Begaspoint war bis zur Lächerlichkeit in Nicreta verliebt, ein hellhäutiges Mädchen mit Mandelaugen, das aus Persia kam. Für Usha Tizia hatte er keine seiner wild auffordernden Blicke mehr. Aber da Arconrik fast immer an ihrer Seite war oder vielmehr sie bei ihm, schien die knisternde Stimmung unserer schönen Freundin leidlich entspannt.

Als sich die Legionäre dem Punkt näherten, der für uns als letzte Grenze galt, beluden Arconrik und ich das Gleiter-Schiff, legten den Mast und lösten alle Taue.

Er brachte mich an die Stelle des Flusses, die wir ausgesucht hatten. Dort fing mein Kampf gegen die römische Macht an.

8.

Der Fluß war an dieser Stelle ebenso schmal wie nahe der Oase. Zu dieser Zeit führte er das wenigste Wasser. Die Gegend trug die schroffen Merkmale verschiedener Zonen: das Wasser hatte sich einen Weg durch das Gebirge gebahnt und einen tiefen, dreieckigen Einschnitt zurückgelassen. Bis zu den schäumenden Wellen, die über riesige Felsblöcke sprudelten und rauschten, waren es von meinem Standort etwa fünfzig Mannslängen. Rechts und links des Einschnitts erstreckten sich Steine, Geröll und der Sand der Wüste, sie bildeten einen Hang, der so schräg und steil war, daß er bei einer größeren Neigung in sich zusammengestürzt wäre.

Am Scheitelpunkt dieser Barriere, die sich nach rechts bis zu den schroffen, leblosen, fast weiß strahlenden Berge und links in die Unendlichkeit des Wüstenhorizonts erstreckten, hatte der ewige heiße Wind einige Dünen angeweht. Ihr Sand sickerte immer wieder in breiten Zungen den Hang abwärts.

Dort unten, wo das Wasser aus der Schlucht hervorkam und wieder in das breite, trockene Flußbett lief, gab es an beiden Ufern verkümmerte Bäume, dorrende Wasserpflanzen und das gezackte Muster des pulverartig ausgetrockneten Schlammbodens.

Irgendwo dort unten kämpfte sich ein Zug von zweieinhalb hundert Legionären auf mich zu.

Noch sahen sie mich nicht.

Ich saß im Sattel des Rapphengstes, blickte auf die hitzeflirrende Landschaft und sagte mir, daß ich noch Zeit hatte. Ich zog am Zügel und ritt langsam zurück. Mein verborgenes Lager befand sich auf der Hochfläche. Wilde Felsformationen, dazwischen Grün und Bäume, Büsche und Sand, kleine und große Dünen, eine Insel im riesigen Flußbett weiter im Süden, überhängende Steinbarrieren – und überall gnadenlose Hitze. Wachsam stand Xandar auf der schräg vorspringenden Felsnase.

Ich schnippte mit den Fingern und ritt im Trab in den spärlichen Schatten zurück.

Die Höhle öffnete sich nach Süden. Mein Fluchtweg würde, wenn es nötig wurde, frei sein. Ich lockerte Zügel und Sattel, gab Xandar einige kurze Kommandos und setzte mich auf den runden Stein.

Die Innenseite des Schildes verwandelte sich in einen runden Bildschirm. Ich steuerte die Linsen und Mikrophone des schwebenden Spions aus und sah die Römer.

Sie lagerten im brüchigen Schatten der kümmerlichen Gewächse. Daco Claudius, der Anführer, ein schlanker, sonnenverbrannter Mann, der nur aus Knochen, Sehnen und Muskeln zu bestehen schien, grauhaarig und mit markanten Falten im bartstoppeligen Gesicht, bohrte die Eier von Sandflöhen aus seinem Zeh.

„Irgendwann erreichen wir eine Siedlung. Es muß eine Stadt am Oberlauf geben!" knurrte er wie ein Wolf. „Oder meinst du, es ist nicht so, Cirta?"

„Ich weiß es nicht. Wir haben sieben Männer verloren."

„Wir sind Legionäre, keine Kinder."

Erschöpft, hungrig und von der Sonne verbrannt, mit lädierter Kleidung und dahinschwindenden Vorräten lagen, hockten und standen die Römer nahe des Wassers. Trotz ihrer wenig beneidenswerten Lage erfüllte sie eiserner Wille und ebensolche Entschlossenheit. Einige von ihnen fingen Fische; es waren kaum handgroße, zappelnde Tierchen, die niemanden sättigten. Andere kauten auf Lauchstangen und auf krümelnden Nüssen.

„Wie lange, wie viele Tage oder meinetwegen Monde lang, gehen wir noch weiter?" fragte Gordian, der Centurio, nach einer Weile.

Ihre Waffen und Schilde waren in Ordnung. Auch die Helme glänzten.

„Bis wir etwas finden."

„Oder bis wir alle tot sind."

„Wir führen den Befehl des Caesars aus. Nichts anderes."

Ich ließ das Spionauge kreisen, schätzte die Entfernungen und den Zustand der Truppe ab und schaltete den Bildschirm aus. Dann öffnete ich den Krug und nahm einen langen Schluck; der Wein wurde von nassen Tüchern kühl gehalten.

Niemand erkannte mich; nicht einmal ich selbst konnte große Ähnlichkeiten mit dem arkonidischen Kristallprinzen feststellen. Vom Kopf bis zu den Zehen war ich mit Pflanzenextrakt und Öl schwarz gefärbt. Mein Haar war zu einem dicken Zopf geflochten, der über mein rechtes Ohr fiel. Ich trug nur die Stiefel aus Leinen und Leder, Sporen, ein Lendentuch und einen breiten Gürtel, der das übergeschlagene, bunt gewebte Tuch und die Waffen hielt.

Die Höhle war voller Krüge, Säcke und anderer, seltsamerer Gegenstände. Ich war entschlossen, alle Möglichkeiten auszunutzen. Ich überlegte, hob einen Krug hoch und trug ihn bis zum Rand des Wassers. Mein erklärtes Ziel war, die Römer zu vertreiben. Jetzt fing ich damit an. Bis sie meinen Standort erreichen würden, vergingen mindestens fünf Tage. Wachsam lief der schwarze Gepard neben mir her, bis ich zwischen den riesigen, gerundeten Steinen den Fluß erreichte. Die Römer waren abergläubisch; selbst vor militärischen Aktionen richteten sie sich nach Vogelflug oder der Lage der Eingeweide von Opfertieren. Ich warf den Krug mit aller Kraft gegen die Felsen. Er zersplitterte mit einem trockenen Laut, und sofort färbte sich das Wasser blutrot und begann zu stinken. Schnell lief ich zurück zu meiner Höhle. Der Gestank war kaum auszuhalten – er war unbeschreiblich, und schon begann das Wasser leicht zu schäumen, der Geruch stieg in die Höhe und verteilte sich in der mittäglichen Hitze.

Du willst sie nicht töten, sondern vertreiben. Hoffentlich hast du dich nicht verrechnet! gab der Logiksektor zu bedenken.

Ich hatte noch viele andere Mittel.

Nachdem mich Arconrik mit dem großen Gleiter abgesetzt hatte, selbst mit Heu und Futter für die Pferde, gab es Zeit genug, sich jeden Schritt genau zu überlegen. Die Legionäre mußten fliehen und voll Entsetzen erzählen, daß der Oberlauf des Flusses eine tödliche, gespenstische Falle sei. Bis das Flußwasser, das sich in stinkendes Blut verwandelt zu haben schien, die Legionäre erreichte, vergingen schätzungsweise zwei Tage. Ich legte mich in der Höhle auf die Decken, die über dem sauberen Sand lagen. Mein Blick ging zu den Zeichnungen und Malereien, die unbekannte Wanderer vor langer Zeit hier zurückgelassen hatten. Tanzende, kämpfende und arbeitende Menschen, verschiedene Tiere, die es hier längst nicht mehr gab, seltsame, undeutbare Zeichen – ich verstand sie nicht.

Ich schlief, fütterte die Pferde, sprach mit Arconrik und Narnia, sah zu, wie die Legionäre ihr Gepäck aufnahmen und weiter marschierten. Sie waren unglaublich hartnäckig. Aus ihren Gesichtern sprach das volle Maß der Entsagung und Entbehrung. Aber sie setzten schweigend Fuß vor Fuß und folgten dem Wasserlauf, der sich durch ein Gebiet von unüberbietbarer Trostlosigkeit wand und vor ihren Augen immer wieder zu versiegen schien.

Eineinhalb Tage später erreichte die Färbung des Wassers die Römer. Sie waren, erschöpft und sandbedeckt, am frühen Abend stehengeblieben und wandten sich nunmehr dem Wasser zu. Ihre Wasserschläuche waren leer. Als sie ihre brennenden Füße kühlten, als einige Fische zu speeren versuchten, andere Treibholz zusammentrugen, erschienen die ersten Schaumflecken auf den plätschernden Wellen. Sie waren hellrot. Noch starrten die Männer diese seltsame Erscheinung verwundert an, dann aber zog einer von ihnen den blutroten Arm aus dem Wasser und schrie lästerliche Flüche.

Sie rannten hinaus ans Ufer, mitten in die Sonnenhitze, und dann sahen sie einen breiten, brodelnden Bach aus Blut. Dazu kam der Gestank, der schon seit Stunden ihre Nasen belästigte.

Sie waren starr vor Schreck. Auch Daco Claudius und Gordian wußten nichts zu sagen. Unter der Sonnenbräune änderte sich ihre Hautfarbe in fahles Weiß. Kalter Schweiß brach aus. Einer flüsterte:

„Wir dürfen nicht weitergehen. Wir sind am Ende der Welt. Wasser wird zu Blut."

„Es ist rot", stammelte der Centurio. „Vielleicht Tiere? Eine seltene Erde, Schlamm, hat es gefärbt."

Ich hörte aufmerksam zu. Vor diesem Mann mußte ich mich hüten. Er war weniger abergläubisch oder tat wenigstens so. Für mich – und auch für die verzweifelten Männer dort unten – war das alles kein Spiel. Es ging um viel mehr.

Erst am nächsten Mittag trauten sich die Legionäre wieder ans Wasser. Es war nicht mehr blutrot, und auch der Gestank war verweht. Aber jetzt warteten sie förmlich auf den nächsten Zwischenfall. Sie waren völlig abgeschnitten von allen menschlichen Siedlungen. Seit zwei Monden hatten sie nur eine Handvoll Nomaden mit ihren mageren Tieren gesehen, niemanden sonst. Und dort, wohin sie gingen, war es noch einsamer – das ahnten sie jetzt.

Mitten in der Nacht zuckten von den Bergen lange, grellweiße Blitze auf ihr Lager zu. Dürres Holz fing sofort Feuer. Dort, wo die Blitze in den Fluß einschlugen, verwandelte sich Wasser in weißen Dampf, der im Mondlicht brodelte und kochte. Langhallender Donner schwang zwischen den Dünen und den Abhängen hin und her. Zwei Legionäre rannten schreiend davon und brachen sich die Hälse, als sie in breiten Erdspalten verschwanden.

Ich legte die schwere Lanze zur Seite und lauschte.

In der fast absoluten Stille der Nacht, in der nur das Wasser rauschte, glaubte ich die wilden Verzweiflungsschreie zu hören.

Aber... am nächsten Morgen marschierten sie weiter.

Noch wenige Stunden trennten sie von dem langen Abhang und der unbezwingbaren Schlucht, durch die das Wasser schoß.

Es war die Stunde zwischen Morgen und Mittag, an der das Licht schärfer ist als sonst. Die Römer, die in einer langen Doppelreihe hintereinander auf die riesige Barriere zumarschierten, wechselten hin und wieder einige Worte mit dem Nachbarn, nicht mehr. Sie hatten kaum geschlafen, denn in der Nacht waren wieder die Blitze rund um ihr Lager eingeschlagen. Ein Wächter war von einer Schlange gebissen worden und starb unter gräßlichen Qualen, schreiend und blau angeschwollen.

Es gab keinen Schatten, kein Grün, nur Hitze, Sand und Felsen. Von Schritt zu Schritt schien die Natur ärmlicher und öder zu werden. Plötzlich hielt Gordian Claudius am Arm fest und deutete nach oben.

„Sieh! Dort!"

Die Gestalt auf dem Kamm des gewaltigen Hanges hob sich scharf gegen das Licht ab. Es war ein schwarzhäutiger Reiter auf einem schwarzen Pferd. Er stand bewegungslos wie eine Steinfigur und starrte hinunter auf die Schlange der Marschierenden.

„Sie ist also nicht menschenleer, diese verfluchte Wüste!" keuchte Gordian. Der Reiter trug einen runden Lederschild, Schwert, Kampfbeil und zwei Lanzen. Er war halbnackt, von seinen Handgelenken und Oberarmen leuchtete das helle Metall breiter Bänder.

„Das ist ein einzelner Mann. Ein Numidier!" sagte Cirta.

„Wo er ist, gibt's andere! Weiter! Er wird uns führen!"

Die Legionäre ahnten, daß sie am Ende waren. Zuerst hatten sie den kleinen Troß und die Dirnen zurückgelassen. Dann zerbrachen Räder und Achsen der Wagen. Sie teilten die Lasten auf, trieben die Zugochsen mit und schlachteten einen nach dem anderen. Längst war das Fleisch des letzten verdaut. Die Pferde der Anführer waren eingegangen und ebenfalls gebraten und gegessen worden. Von Tag zu Tag schwand der Proviant. Das Land gab nicht viel her, außer Fischen, kleinem Wassergetier und seltsamen runden Nüssen mit harter Schale.

Die Legionäre begannen begeistert zu schreien. Jetzt hatten sie wieder ein Ziel. Trotz ihres Zustandes wagten sie sich an die ersten Schritte des beschwerlichen Aufstiegs.

Noch immer stand der Reiter ruhig da. Nur das Pferd warf seinen Kopf in die Höhe.

Als die Legionäre, die sich zu einer Linie von zweihundert Doppelschritten Breite verteilt hatten, einige Dutzend Schritte aufwärts geklettert waren, wehte ein heißer Windstoß Sand über die Kante. Kleine Steine begannen zu rollen. Zwischen den langgezogenen Sandfahnen erschien ein schwerer, grauer Nebel, der sich schwarz färbte und schwer war wie Wasser. Er glitt geräuschlos und schnell den Hang abwärts. Er kam aus dem Bereich jenseits der Kante. Es wurde immer mehr. Zuerst kümmerten sich die Männer nicht darum, jetzt aber, mitten am hellen Tag, sahen sie sich von einer ständig wachsenden schwarzen Wolke eingehüllt. Sie nahm ihnen den Atem, ließ sie taumeln und erfüllte ihre Herzen mit der Furcht vor dem fremden Land. Sie blieben stehen, tasteten blind um sich und verschwanden, Mann um Mann, in der nachtschwarzen Flut. Wilde Schreie waren zu hören, Flüche und hervorgestoßene Anrufungen der Götter. Eisen klirrte auf Stein, und noch immer glitt, verderbend und lautlos wie die Dämmerung, der brodelnde und kochende Dunst wie dicker Rauch ohne Feuer über die riesige schräge Fläche.

Männer, die an vielen Plätzen gekämpft und gegen barbarische Übermacht gesiegt hatten, fühlten ihre Sinne schwinden und starben vor Angst und Furcht.

Die Stimmen Cirtas und Gordians kamen gedämpft und undeutlich aus dem Chaos.

„Es ist nur Rauch! Wartet, bis das Feuer erloschen ist!“

„Geht zurück!“

„Klettert weiter! Oben gibt es frische Luft.“

Die Legionäre versuchten zu gehorchen. Blind, hustend und keuchend, von Schweiß überströmt und vom feinen Sand, der in ihre Nasen, Augen und Ohren kroch, weiß überpudert, krochen sie wie Tiere auf vier Gliedmaßen weiter. Sie verloren viele Waffen und Teile der schwindenden Ausrüstung.

Als sie den Rand des Abhangs erreicht hatten – nicht alle, nur die Anführer und eine Gruppe besonders kräftiger und unerschrockener Männer –, war der schwarzhäutige Fremde verschwunden. Sie fanden nicht einmal

Hufspuren. Nur die Abdrücke eines Panthers oder Leoparden, die deutlich zwischen den Felsen zu sehen waren.

Aus einer langen Reihe von tiefen Trichtern im Sand und aus Felsspalten kroch der schwarze Nebel.

Die Hochfläche, von der jener Felseneinschnitt umgeben war, entpuppte sich als ebenso leer, hitzedurchglüht und trostlos wie das Land darunter.

Die Römer taumelten in den kargen Schatten und warfen sich erschöpft nieder.

Dann hörten sie das zornige Summen der Fliegen. Sie schossen heran, funkelnd wie kleine Metallstücke, wütend vor Hunger und Gier. Zuerst waren es nur kleine Gruppen, dann näherten sich größere Schwärme, und schließlich waren es Tausende und aber Tausende, die sich auf die entkräfteten Männer stürzten. Die Legionäre sprangen auf und führten wilde, verzweifelte Tänze auf, schlugen um sich, versuchten die unerbittlichen Schmeißfliegen zu vertreiben. Aber die Plage hielt an, bis es dämmerte. Heute gab es weder frisches Wasser noch Holz für ein Feuer.

Das Sonnenlicht starb, die Schatten fielen über das Land. Hinter den Felsen erhob sich der Mond: riesengroß, ätzend gelb und zernarbt. Das einzige Geräusch war das ferne, verlockende Murmeln und Rauschen des unsichtbaren Flusses. Alles atmete tiefe Verlorenheit aus. Jedes lebende Wesen, so schien es nicht nur, war allein, einsam und gleichsam winzig wie ein Käfer mitten in einer ungeheuren Wüstenei. Über dem Gebiet, in dem sich dunkle Körper bewegten, unruhig und von bösen Träumen geplagt, lag die tiefste Dunkelheit. Die Hochfläche, von der jetzt die Kälte der Nacht Besitz ergriff, wirkte auf den Verstand der Legionäre wie ein Orakel: hier endet alles Leben. Hier ist nicht mehr die Welt der Menschen. Hier treffen sich die Grenzen von Aegyptus mit dem Tod.

Gegen Mitternacht weckte die Kälte den Anführer. Claudius Daco zog den schmutzigen, durchlöcherten

Mantel um seine Schultern und ging langsam auf und ab. Seine knirschenden Schritte weckten einen Legionär.

„Es ist nichts“, beruhigte ihn Daco. „Schlafe weiter.“

„Schlafen?“ Ein Fluch folgte. In der Ferne erschien ein winziges Licht. Es befand sich über dem Boden, der im Licht der Sterne und des Mondes von den Geistern erschlagener Gegner erfüllt schien. Wirre Bilder und Vorstellungen bildeten sich in seinem Kopf. In ihm stritten der feste Wille, den Befehl auszuführen, und die Einsicht, daß sie, einer nach dem anderen, hier umkamen und nicht einmal in der Lage sein würden, Commodus zu berichten, daß sie das lebensfeindliche Ende der Welt erreicht hatten.

Das winzige Licht verschwand. Seine Augen brannten, und er glaubte an weitere Sinnestäuschungen, als er die auflodernden Flammen sah. Sie kamen aus der Ferne, schlängelten sich heran, wuchsen und wurden höher. Lodernde, feurige Mauern wuchsen aus der Wüste heran, glitten knatternd um die Felsen herum und färbten sich auf ihrem Weg gelb, rot und blau, dann grün und wieder strahlend weiß. Es war, als wären die hohen Flammen wirkliche Gegner, die auf die schlafenden und träumenden Legionäre zurannten und taumelten.

„Nein! Nicht auch noch das!“ schrie Claudius auf. „Aufwachen! Feuer!“

Die Legionäre kamen taumelnd und halb besinnungslos auf die Beine. Inzwischen hatte sich die Hochfläche erschreckend verändert.

Die Flammen waren wie die Mauern eines Irrgartens; lebende, sengende und heulende Wälle. Sie züngelten über die Sandflächen, brannten die kargen Büsche ab, rasten um die Steine herum, liefen aufwärts und abwärts und umschlossen die Römer von allen Seiten, fauchten zwischen ihnen hindurch, erstarben an dieser Stelle und wurden an einer anderen wieder neu entfacht. Ununterbrochen prasselten sie heran, änderten ihre Farbe und den stechenden Geruch des Rauches.

Die Legionäre versuchten zu entkommen. Sie kletterten über die Felsen hinauf, gruben sich in Sand ein, rannten auseinander, halfen oder behinderten einander gegenseitig, schrien, fluchten und erkannten nicht, was tatsächlich hereinbrach über sie.

Als die wandernden Flammen, an deren Fuß der Sand glühte, erloschen, sammelten sich die Männer. Ihr Haar und ihre Bärte waren versengt. Viele hatten Brandwunden.

Gordian sprang auf einen Steinbrocken und versuchte sich zu fassen. Er sprach mit rauhen, stockenden Worten.

„Legionäre", sagte er, „wir haben uns gewehrt wie Männer. Alles steht gegen uns auf. Wir sind an einem Ort, der niemandem als Heimat dient. Wir werden es noch drei Tage lang versuchen – wir brauchen Wasser und etwas Essen. Wenn wir Menschen sehen, gehen wir weiter. Wenn das Land aus Durst und Hitze nicht endet, kehren wir um."

Sie waren zu erschöpft, um laut zuzustimmen. Sie hatten bis zu dieser Stunde nicht zu murren gewagt; es war ihnen auch kaum in den Sinn gekommen. Die Angst, zu verdursten und zu verhungern, saß tief in ihnen, tiefer aber ihre Treue zu Rom.

„Ich fürchte", sagte Claudius knapp, „wir werden umkehren müssen. Aber... mein Schwert ist scharf. Ich werde kämpfen, wenn es sein muß."

Den kümmerlichen Rest der Nacht verbrachten sie, die Wunden mit den letzten Tropfen Öl zu versorgen. Sie teilten den letzten Schluck des faulig schmeckenden Wassers und versuchten, sich vom Schlafmangel und den unerklärlichen Schrecken zu erholen.

Die kleine, schwarze Kugel mit den blitzenden Augen, die über ihnen schwebte, änderte ihren Kurs und entfernte sich lautlos nach Süden.

Die Legionäre taten mir leid. Ich wollte diesen elenden, zermürbenden Zustand so schnell wie möglich beenden. Warum kehrten sie nicht um?

Denke an rund eindreivierteltausend Menschen! Denke an die Oase! An das Schiff! widersprach der Logiksektor.

Ich hatte mich langsam zurückgezogen und meine Spuren verwischt, nachdem ich die Kanister mit dem kalten Rauch vergraben, die Duftstoffe für die Fliegen verteilt und die Kanäle für die leicht brennbare Flüssigkeit mit den verschiedenen Zusätzen von Chemikalien und Metallspänen ausgehoben und wieder zugeschüttet hatte. Auch mich umgab die trostlose Einöde, aber ich lagerte nahe am Wasser.

Ich blickte zum Mond hinauf und zuckte die Schultern.

„Sie sind nahe davor, aufzugeben", murmelte ich. Ruhig standen die beiden Pferde da. Bisher hatte ich direkten Kontakt zu den Legionären des Daco vermeiden können. Ich wollte keinen Kampf.

„Aber noch sind sie nicht auf dem Rückzug."

Von dem Felsenlabyrinth bis hierher war es für die Römer weniger als ein Tagesmarsch. Er führte durch schattenloses, staubtrockenes Gebiet. Ich hatte unter den ausladenden Ästen des einzigen Baumes weit und breit das würfelförmige Zelt aufgeschlagen. Die Traglasten des Schecken hatten sich stark verringert. Ich schnippte mit den Fingern, rief Xandar herbei und gab ihm neue Befehle. Er fauchte auf und rannte nach Norden davon. Die Möglichkeit, daß die Römer, wenn sie auf das frische Flußwasser trafen, neue Kräfte schöpften und ihren Auftrag eigensinnig weiter verfolgten, war nicht gering.

Das Wasser war zu flach; es gab kaum Fische. Nicht einmal größere Vögel zeigten sich. Ich hoffte, sie würden bis hierher kommen und dann umkehren – erreichten sie das Wasser nicht bald, kamen sie um.

Ich wartete unruhig.

Einige Stunden Schlaf, eine gute Mahlzeit, ein Ritt entlang des Ufers nach Süden, und ich fand meine Überlegungen bestätigt. Auf weite Strecken durchzog der Fluß nur abweisendes, feindliches Gebiet. Tagsüber beobachtete ich, wie sie sich langsam weiterkämpften, am Ende ihrer Kräfte und ratlos gegenüber einem Land, das sie schweigend zurückstieß bis auf den Grund des nackten Überlebens.

Cirta und Gordian schienen das Wasser zu wittern. Sie führten gegen Abend die Legionäre zum Ufer, entdeckten nach der Biegung den Baum und schleppten sich dorthin. Zwischen den Wurzeln schlugen sie ihr Lager auf; das heißt, sie warfen die Schilde zu Boden und ließen sich fallen, nachdem sie sich vollgetrunken hatten wie Tiere.

Bis zu dem letzten Punkt ihrer Reise, an dem sie sich wieder selbst versorgen würden können, hatten sie rund fünfundzwanzig Tage zurückzulegen. Man sah Claudius Daco an, daß er diesen vernichtenden Umstand genau kannte. In welcher Richtung der Tod mit größerer Sicherheit wartete, wußte er nicht.

Ich wartete den beginnenden Tag ab, dann holte ich zum – hoffentlich! – letzten Schlag aus.

Ein kleiner Sender verstärkte die Impulse des Psychostrahlers. Ich richtete den Kegel auf die nähere Umgebung des einzelnen Baumes aus. Ich selbst befand mich auf einem Felsvorsprung, von dem ein schmaler Pfad zum Lagerplatz und den Pferden führte. Ich schaltete den Sender an; lautlos und wie ein Rausch schlichen sich die Strahlungen in die Köpfe der Legionäre ein. Niedergeschlagenheit sickerte in den Verstand ein, die Hoffnung schwand dahin, Trauer befiel die Männer. Sie hatten diese Gedanken, Überzeugungen und Träume, ob sie schliefen oder wach waren. Sie konnten sich nicht dagegen wehren.

Sie vermochten auch nicht klar zu denken.

Jeder einzelne Römer fühlte sich vernichtet, zerstört und wertlos. Die Natur und der fahlgraue Morgenhimmel wiesen ihm eine Rolle zu, die ihn erschreckte. Er erfuhr das Gefühl der eigenen Unwichtigkeit. Er war dieser Welt eine Last und ein Verdruß. Tief in der untersten Schicht seiner Seele erkannte der Legionär, daß es sinnlos war. Alles war sinnlos. Jeder weitere Schritt, jeder Versuch, nach Süden vorzudringen. Der nächste Atemzug konnte den Tod bedeuten. Es gab nichts, das sich zu finden lohnte. Kein Gold, keine Menschen, keine Nahrung. Das

Nichts erwartete jeden, der weiterging. Der Tod, die Auflösung – und niemand war da, der den Mut eines Mannes sah, der ihm half, nicht einmal jemand, der ihn verachtete oder zu töten versuchte. Der Abgrund der Unglücklichkeit nahm die Herzen der Legionäre in sich auf.

Der Morgen hing über uns wie ein großer, schwarzer Fels. Nichts rührte sich. Wir waren allein, und ich drosselte die Stärke des narkotischen Senders. Es war einer der bösartigen Tage, an denen für einige Männer die Häßlichkeit der Welt einen Höhepunkt erreicht hatte, für andere, mich zum Beispiel, war dieser Tag keine gute Erinnerung.

Ich dirigierte die Sonde um und belauschte die Römer. Sie waren wie betäubt. Gegen Mittag hatte sich der Anführer so weit erholt, daß er mit gebrochener Stimme seinen Männern sagte, sie würden umkehren. Aber er sagte ihnen auch, daß sie fünfundzwanzig Tage lang in der eigenen Spur zurückmarschieren mußten, ohne die geringsten Aussichten, Nahrung zu finden.

„Trotzdem. Wir gehen zurück."

„Auch der mächtigste Caesar findet hier nichts."

„Nicht, wenn er zwei Legionen schickt!"

„Hier lebt niemand mehr."

Sie erholten sich nur langsam von der tiefen Niedergeschlagenheit. Dann aber fingen sie mit der Sicherheit von Männern zu handeln an, denen weder Kampf noch die Schwierigkeiten des Überlebens fremd waren. Sie füllten jeden Schlauch, jedes Gefäß mit Wasser, reinigten sich und ihre Kleidung mit Sand und Wasser, sammelten Waffen und weggeworfene Ausrüstung zusammen, ruhten und marschierten noch vor dem Morgengrauen ab. Jetzt, als sie sich entschieden hatten, waren sie auch im Rückzug so entschlossen wie beim Vormarsch.

Ich atmete auf. Die Oase war vor den römischen Legionen sicher.

Drei Tage, nachdem ich mit Arconriks Hilfe in die Oase zurückgekehrt war, startete ich mit dem kleinen Gleiter. Mein Haar hatte sich wieder entfärben lassen, meine

Haut noch nicht. Ich hatte den Laderaum mit frisch geschlachteten Tieren gefüllt, mit Früchten und einigen Schinken, etliche Krüge Wein lagen darin und Brote. In einem großen Bogen jagte ich über die sichtbaren Spuren der marschierenden Römer hinweg, mitten in der Nacht landete ich dort, wo sie am nächsten Mittag vorbeikommen würden. Ich hatte ein schlechtes Gewissen, das mich seit dem Einsatz des Psychostrahlers plagte.

Quer über den Weg zog ich mit Hilfe von nassem Sand und einem geschnitzten Stück Holz die scharf eingedrückte Spur eines Pferdes. Die Krüge und die Nahrungsmittel, die in feuchte Blätter verpackt waren, verteilte ich so, als hätte sie das Pferd oder der Reiter verloren. Die Spur begann und endete im Nichts. Ich hoffte, daß die abergläubischen Römer genau jene Schlüsse zogen, die ich mir vorstellte.

Aus sicherer Entfernung beobachtete ich, wie die Römer tatsächlich auf die Reiterspur stießen. Zuerst entdeckten sie den Krug, dann schwärmten sie in militärischer Ordnung aus und sammelten das Essen ein. Die harten Männer, die bisher ein unglaubliches Maß an Selbstbeherrschung gezeigt hatten, stürzten sich zuerst auf das Essen. Dann siegte wieder die verdammte römische Disziplin.

Sie teilten alles unter sich auf. Der Wein blieb bis zum Schluß übrig. Von den zweihundertfünfzig Männern waren nur noch etwa zweihundert übrig, und sie waren in einem unbeschreiblichen Zustand.

Sie würden überleben.

Um ihrem Caesar zu sagen, daß Afrika, das Land der Wunder, sie ausgestoßen hat wie Aussätzige, erklärte der Logiksektor.

Ich startete den Gleiter und flog ohne Eile zurück zur Oase. Einen Viertelmond lang brauchte ich, um die schwarze Farbe aus den Poren herauszuwaschen.

9.

Wieder machte der Arkonide eine matte Bewegung und hörte zu sprechen auf. Die SERT-Haube hob sich und glitt in die Ruheposition zurück. Atlan schloß die Augen.

„Er ist erschöpft!" stellte der Ara-Mediziner fest. Ghoum-Ardebil nahm den Blick seiner kleinen Augen von den Monitoren. Er wirkte keineswegs beunruhigt.

„Eine interessante Geschichte!" bemerkte Sarough Viss, Pilot der KHAMSIN. „Atlan als Primitiv-Raumfahrer. In einem von Eingeborenen mitgebauten Raumschiff! Das muß ja schiefgehen."

„Schiefgegangen sein", korrigierte Scarron.

Atlan hatte während seines unfreiwilligen Aufenthalts auf der Erde tatsächlich weitaus mehr erlebt, als seine gelegentlichen Bemerkungen hatten erkennen lassen. Der Geschichtswissenschaftler, der die Bänder und Niederschriften kontrollierte und zu analysieren versuchte, gab das Jahr 180 nach Christi Geburt als einigermaßen zuverlässigen Bezugspunkt an. In diesem Jahr war Cäsar Marc Anton gestorben. Allerdings war „Arconriks" Rechnung auf das legendäre Jahr der Stadtgründung Roms bezogen. 753 vor der Zeitenwende war dieses Datum fixiert; die Computer der Unterseekuppel konnten keine präziseren Zeitangaben machen.

„Wir wissen nicht, ob der Raumflug tatsächlich stattgefunden hat", meinte der Ara. Ihm mangelte es an klarem Verständnis für dieses gewaltige Wagnis, das der Arkonide freiwillig eingegangen war.

„Wir werden es wissen, wenn Atlan seine Erzählung beendet hat", sagte Viss.

Atlan, von den furchtbaren Verletzungen und dem Schock der langen Heilungsdauer im gläsernen Überlebenssarg anscheinend genesen, versuchte sich zu erholen. Sein Körper war, was alle Ärzte und sämtliche Untersuchungsgeräte übereinstimmend sagten, gesund und kräftig. Die Narben verheilten, die Solarlampen und die Son-

ne des Planeten Gäa in der Provcon-Faust hatten die Haut gebräunt. An vielen Stellen des Körpers hatte sie sich nach den Verbrennungen neu gebildet. Der Zellschwingungsaktivator lag auf seiner Brust und unterstützte seit langen Monaten den Heilungsprozeß. Aber der Verstand des Kristallprinzen, Lordadmirals und Prätendenten schien noch nicht wieder frei zu sein.

Durch Erzählungen, Schilderungen der Abenteuer, versuchte sich der geschundene, geschockte Verstand zu befreien. Die Blockierung, die ES über einen großen Teil der Erinnerungen gelegt hatte, wich zögernd unter dem Schock. Sie war offensichtlich wahllos getroffen worden. Ein weiteres Geheimnis von ES, diesem mächtigen Geistwesen mit dem makabren Humor und den überraschenden Lösungen, das Menschengeschlecht betreffend.

„Ich lasse euch allein“, sagte der Pilot. „Ihr müßt mir erzählen, wie die merkwürdige Raumfahrt ausgegangen ist.“

Scarron, Atlans Freundin, brachte ihn zur Tür des Apartments.

„Du wirst es erfahren. Niemand weiß allerdings, wie die Geschichte weitergehen wird.“

Es war Abend über diesem Teil des Planeten Gäa. Die Sorge um das Überleben des Arkoniden war in den Tagen, an denen er schweigend oder leise erzählend auf der Terrasse oder in den Zimmern des Dachapartments lag, weitaus geringer geworden. Aber Atlan erkannte seine Umgebung noch nicht völlig. Er sprach nicht einmal mit seiner Freundin. Er bewegte sich mit einiger Sicherheit, benützte die medizinischen Einrichtungen und wurde immer kräftiger.

Sein Verstand befreite sich noch immer von dem Schock des Unfalls. Noch nie war Atlan, potentiell unsterblich, dem Tod so nahe gewesen. Er ließ nicht erkennen, ob die Narben noch schmerzten. Aber seine Sprache war wie immer: ruhig, voll präziser Schilderungen, erfindungsreich und in allen einzelnen Szenen und Bildern absolut perfekt. Die Erinnerung, auf der jener Bann von ES nicht mehr lastete, war vorübergehend freigegeben. Und ES hatte seit Wochen nicht mehr eingegriffen.

Mitten in der Nacht wachte Atlan wieder aus tiefem, erholsamen Schlaf auf.

Die SERT-Haube, die große Teile seiner Vorstellungen und Gedanken auffing und die Bilder seiner Schilderung hinzufügte, senkte sich bei den ersten leisen Worten wieder über seinen Kopf.

Atlan berichtete weiter.

„Es ist seltsam und bemerkenswert genug", sagte der Falkner und strich über das Gefieder seines Raubvogels, „daß unser seltsamer Herr, ES, eure Versuche stattfinden läßt."

„Warum denkst du das?" fragte Usha Tizia beunruhigt. Inzwischen wußte sie so viel über ES, daß sie mitreden konnte. Ob sie die wahre Natur des Geistwesens von Wanderer erkannte, war fraglich – aber wir kannten sie ja auch nicht.

„Weil ES deutlich erklärt hat, daß Atlan, Arconrik, ich und meinethalben ihr beide zu den Wächtern des Planeten gehört. Zu den Kämpfern für die eigene Entwicklung des Barbarenplaneten. Und der Flug durch das luftlose Schweigen, durch die große Leere zwischen den Sternen würde alles ändern."

„Das ist richtig", murmelte ich. Die Regenzeit hatte wieder begonnen. Die Bewohner der Oase hatten sich fast ausnahmslos in die Scheunen, die Werkstätten, unter die Dächer und in ihre vielen Häuser zurückgezogen und ließen der Natur ihren Lauf.

„Ich kann mir vorstellen, daß ES anderweitig beschäftigt ist und keine Zeit findet, seine Kreaturen zu besichtigen und zu kontrollieren."

„Immerhin", bemerkte Narnia, „ziehen wir uns freiwillig in den Tiefschlaf zurück."

„Aber ES wird wissen, daß ihr bestimmte Pläne habt.

Ich selbst ahne nur, daß ich weiterhin als zweiter Wächter für die Sicherheit der Oase zu sorgen habe", murmelte Khach't.

Wir saßen in dem großen Wohnraum, von üppig wucherndem Grün umgeben. Das Kaminfeuer loderte und prasselte. Bernsteinfarben senkte sich die Sonne hinter die westlichen Dünen. Regentropfen ließen auf den langen Kanälen und auf der Oberfläche der kleinen Seen ein ununterbrochenes Muster von Kreisen und Ringen entstehen. Das Rauschen des Regens schuf eine beruhigende Atmosphäre. Es war der Abend unseres Abschieds; wir erwarteten zu einem ruhigen Beisammensein die wichtigsten Freunde aus der Oase.

„Wenn es nach uns geht", erklärte Arconrik, „sind wir nach einem Jahrzehnt wieder hier. Ich weiß nicht, ob es klug ist, den Menschen dieses Datum zu sagen."

„Ich würde es nicht riskieren", schlug ich vor. „Es hilft ihnen nicht, selbständig zu handeln, wenn sie wissen, daß wir bald wieder kommen."

„Das sage ich auch!" meinte Arconrik. „Wir sind morgen verschwunden, und irgendwann kommen wir wieder."

„Einverstanden."

Das Schiff aus Bronze und der große Gleiter waren sicher versteckt. Unsere Ausrüstung war auf dem kleineren Gleiter verstaut. Jeder von uns war so gut wie sicher, die Bewohner der Oase auf die nächsten Jahre ausreichend vorbereitet zu haben. Viehzucht, die verschiedenen Pflanzen, die Schule und die Heilkundigen mit den Salben und dem Buch, die Wächter und alle Handwerker, die zahlreiche Waren für die nächste Karawane vorbereiteten, alle jene Webereien, Teppiche, Lederarbeiter, verschiedenen einfachen Maschinen und Geräte – alles griff wohlgeölt ineinander und ergab, wenn es nach dem Willen aller ging, eine wachsende Stadt, die sich selbst erhalten konnte und ihren Mitgliedern Frieden und Ruhe sicherte.

Die Tür schwang auf. Gutnacan und Panja kamen herein. Der ehemalige Räuber breitete die Arme aus.

„Uns wäre lieber, ihr würdet mit uns die Karawane führen, nach Berenike oder zu einem anderen Ort“, rief er und nahm einen Becher. Ich schüttelte den Kopf.

„Ihr habt so gute Karten wie kein anderer Händler auf dieser Welt. Verlaßt euch auf euch selbst. Nicht auf uns.“

Bald bildeten wir wieder eine fröhliche Runde um den großen Tisch. Bis auf wenige Gegenstände waren unsere Zimmer leer. Arconriks Museum enthielt einige Dutzend neuer Ausstellungsstücke, an denen die Handwerker üben und technische Abläufe erkennen konnten. Tilnemu deutete zur Decke aus wuchtigen Balken und fragte:

„Meine Söhne werden mit dir fliegen, Demetrion, nicht wahr?“

Icise machte eine Geste, die seine Narrheit bezeichnen sollte, und lachte. Ich winkte ab und sagte:

„Wenn überhaupt, fliege ich allein. Vorausgesetzt, das Schiff aus Bronce ist noch unversehrt, wenn wir zurückkommen.“

„Wir werden es versteckt halten und mit unserem Leben beschützen. Da es tief im Boden ruht, überdauert es auch das Ende der Oase.“

„Du sprichst große Worte, Oncusind“, warf Arconrik ein. „Sorgt dafür, daß es niemals so weit kommt.“

„Verlaßt euch drauf.“

Es war ein langer, ruhiger Abend, an dem wenig getrunken und viel gesprochen wurde. Als ein Pärchen nach dem anderen in den gleichmäßig fallenden Regen hinausging und in der Dunkelheit verschwand, tranken wir die Becher leer, wuchteten die Packen unter das Verdeck des Gleiters und verließen das Haus. Usha blies die Flammen der Öllämpchen aus und setzte sich zu Arconrik. Der Gleiter startete und flog nach Nordwest, bis irgendwann die winzige, kahle Insel aus den Meereswellen auftauchte.

„Es ist die Stille einer Gruft!“ sagte ich. „Trotz aller

Vertrautheit mit jeder größeren Schraube innerhalb dieser Kuppel."

Es war, als hätten wir die Schutzkuppel erst vor Stunden verlassen. Der Roboter machte sich, sobald wir unsere Habseligkeiten verstaut hatten, sofort an die Arbeit. Die Computer warfen erste Zeichnungen aus, die Arconrik ausführen würde.

Es gab eine lange Liste.

Stück für Stück, möglichst in einer Art Baukastenprinzip, wurde von uns ruhig, langsam und gründlich entwikkelt, fast immer zur Herstellungsreife. Jedes der Geräte würde ein Unikat sein. Die Computer speicherten alle Zeichnungen und druckten die Pläne aus. Narnia und Usha machten sich zum Schlaf bereit. Eines der wichtigsten Vorhaben war ein Gerät, mit dem ich aus dem Raumschiff heraus einwandfrei und ohne die geringste Chance für einen tödlichen Irrtum sowohl den zweiten Planeten als auch, beim Rückflug, unseren Heimatplaneten aus dem Gewimmel der Lichtpunkte herausfinden konnte. Ein kleines Rechengerät mußte eigens entwickelt werden, ebenso eine leistungsfähige Anlage, die meine und Arconriks Funksprüche auffing und verstärkt weitergab.

Zuerst legte sich Narnia auf die breite, weiße Liege. Ein modifiziertes Antigravfeld ließ sie zwei Fingerbreit über der Unterlage schweben. Usha Tizia half uns noch eine Weile lang und sortierte die Gegenstände der Erinnerung, beschriftete sie und brachte Ordnung in die Lebensmittelvorräte der Kuppel.

„Es wird lange dauern, bis die Liste erledigt ist", sagte Arconrik. „Ich bin jahrelang ununterbrochen beschäftigt."

„Du hast alles zur Verfügung, was du brauchst", erwiderte ich. „Energie, Maschinen, Ausgangsmaterial und Prüfverfahren."

„Und viel Zeit, denke ich."

„Auch das."

Wir hatten unsere Waffen wieder mitgebracht. Die getarnten Geräte für unseren Schutz und die Sicherheit anderer waren kaum gebraucht worden. Mittlerweile befand sich in den Magazinen ein umfangreiches Lager der unterschiedlichsten Waren und Gegenstände. Medizinische Wirkstoffe gehörten ebenso dazu wie Sättel oder Mittel der Tarnung. Innerhalb eines Mondes brachten wir eine neue Ordnung in unseren Besitz. Gleichzeitig wechselten Arconrik und ich uns ab und dirigierten die Spionsonden über die nach unserer Meinung nach interessantesten Gebiete des Planeten der Barbaren.

„Ein Zeitalter ohne nennenswerte Taten oder Untaten", bemerkte ich irgendwann.

„Das Römische Reich ist groß, und die Legionen kämpfen gegen den Druck, der auf die Grenzen zielt", erwiderte der Roboter. Usha saß zwischen uns und ließ die Bilderflut auf sich einwirken.

„Wenig verändert sich. Es gibt Kampf, immer und überall, Leid und Sklaverei", sagte sie schließlich. „Aber es geschieht nichts wirklich Großes."

„Für die Oase bedeutet dies Ruhe und ungestörte Entwicklung."

„Dennoch habe ich gewisse Sorgen", warnte Arconrik. „Es sind zwar ausreichend Menschen dort, um ein Überleben zu gewährleisten, aber zu wenige, um durch starken Konkurrenzdruck aus eigenem Antrieb etwas Überraschendes zu leisten."

„Dafür sind wir da, die Wächter der Welt!" versuchte ich einen schwachen Scherz.

„Nicht mehr lange und in zu großen Abständen", gab Arconrik zurück. „Es fehlt auch noch ein Name. Oase, das ist eine schöne Bezeichnung, aber einer Stadt unwürdig."

„Auch darüber macht sich Atlan keine Sorgen", lächelte Usha. „Was bedeutet ein Name ohne Inhalt?"

„Kluges Mädchen", brummte Arconrik. Schlagfertig gab sie zurück:

„Ich habe einen klugen Lehrer."

Ich wandte mich an Arconrik und sagte abschließend: „Ich werde mich zurückziehen. Bereite meinen Schlafplatz vor, Arconrik. Wenn ihr allein seid, könntet ihr versuchen, eure bizarren gegenseitigen Beziehungen zu klären. Ohne meine angeblich weisen Ratschläge."

Usha nickte mir dankbar zu. Ich konnte mir nur schwer vorstellen, wie Arconrik dieses Problem zu lösen gedachte. Aber inzwischen mußte er eine unvorstellbar große Menge „menschlicher" Verhaltensweise kennengelernt und also gespeichert haben, und auch durch die Konfrontation mit Ushas Wünschen würde er nur noch lernen.

Nicht dein Problem. Er wird's schaffen, sagte der Logiksektor. *Ziehe dich in den Tiefschlaf zurück.*

Ich unterzog mich dem längst bekannten Ritual des Einschlafens. Nach vielen Stunden lag ich ruhig da und fühlte den „Stillstand der Sonnenuhren", dachte schweigend und mit geschlossenen Augen über meine Lage nach und fühlte mich nicht besonders gut.

Für mich gab es keinen Zweifel.

ES sah zu. ES sah und bemerkte alles. ES zog seine Schlüsse. Für ES war der Versuch, den zweiten Planeten zu erreichen, sicher nichts anderes als ein soziologisches Experiment.

ES würde also auch zusehen, wenn ich voller Angst durch den Weltraum flog und versuchte, durch die gräßlichen Turbulenzen der Gashülle des anderen Planeten zu landen. Und dann?

Ich verdarb das Konzept dieses rätselhaften Wesens, wenn ich den Sender einschaltete und Hilfe von ARKON für die unwissenden Barbaren dieser Welt herbeirief. Lange genug hatte ich, diesen verzweifelten Gedanken im Kopf, gezögert. Ich fühlte, wie mich dieser gewalttätige Planet festhielt und förmlich aufzusaugen schien; ich war mit den tausend Banden meiner gestörten Erinnerungen an die Welt der Barbaren gefesselt. In einer gewaltig langen Zeit war ich Freund oder Feind einzelner

Barbaren gewesen, für Monde oder Jahre, erfolgreich oder gänzlich erfolglos.

Zuerst handelte ich. Dann würde ES sich einschalten. Das volle Ausmaß seiner Macht kannte ich längst. Es war fast grenzenlos und entbehrte nicht überraschender Einfälle, Wendungen und Vorgänge, die von den Barbaren „Wunder" genannt wurden.

Je schläfriger ich wurde, desto klarer kristallisierten sich einige Gedanken heraus.

Was immer ich unternahm, es war vermutlich das Falsche. Die Müdigkeit nahm von mir Besitz, die Fähigkeit, klare Überlegungen treffen zu können, nahm ab. Aus der Wirklichkeit glitt ich wieder einmal in den langen, tiefen Schlaf hinein, in den Traum der Wirklichkeit.

10.

Wieder drangen von allen Seiten Geräusche, Töne, Farben, Formen und Bewegungen auf mich ein. Schritt um Schritt erfaßte ich die Umgebung und die Tatsache, daß ich lebte und wach war.

Staub wallte auf; ich bildete mir ein, daß es stank. Der Marschtritt von müden, verdreckten Legionären erschütterte die Luft. Eine Straße, eine Brücke, eine Schneise in einem Wald mit dunklen Bäumen. Es war irgendwo innerhalb oder an den Grenzen des gewaltigen Römischen Reiches, an jenen Grenzwällen, die unter dem ständigen Ansturm der Barbaren erzitterten, wankten und manchmal brachen.

An den Rändern des Weges lagen verkrümmte, aufgedunsene Körper. Sie stanken nach Verwesung und Tod.

Der Geruch schwebte zwischen den moosbedeckten Baumstämmen wie ein erstickendes Gas. Er war so intensiv, daß es sogar dem Caesar Vitellius den Atem verschlagen hätte.

Die Legion marschierte weiter.

Der ehemalige Gouverneur der römischen Kolonialstadt Colonia Claudia Ara Agrippinensis, einer der größten und gierigsten Fresser vor Jupiter, war von der Armee zum Caesar des Imperium Romanum ausgerufen worden. Nun war er zusammen mit Angehörigen seiner Legion auf dem Weg nach Rom.

Die Sohlen der Sandalen knirschten auf Sand, Kies und Steinen. Die Soldaten wirkten in ihrer Gesamtheit wie eine Schlange, die sich mit dem Klirren von Waffen, den gemurmelten Unterhaltungen, dem Knarren des Leders und zahllosen anderen Geräuschen durch die Landschaft wand, hinter den Reitern her und vor den Wagen des Trosses, die von Ochsen gezogen wurden und bei zwei Schritten um einen Schritt weiter zurückblieben.

Eine deiner Erinnerungen, Arkonide, meldete sich der Logiksektor. Ich erkannte sie nicht wieder in meinem geschwächten Zustand.

Ich ließ stunden- und tagelang solche und andere Bildfolgen über mich ergehen.

Die Bilder, die von den Sonden übermittelt wurden, kamen aus allen Gebieten, die sich an die Küsten des Mare Internum anschlossen, bis weit ins Land hinein, in alle Richtungen der Windrose, kamen aus dem Land der Barbaren nördlich der *alpes* und von vielen Inseln des Meeres.

„Wie lange haben wir geschlafen?“ fragte ich.

„Du hast knapp dreizehn Jahre geschlafen“, antwortete Arconrik.

„Ich sehe, daß es wenig Neues unter der Sonne gibt.“

„Die Macht des Heeres nimmt zu, weil die Grenzen ständig bedroht sind.“

„Verständlich, denn sie sind groß genug. Viel zu groß, zu lang und zu brüchig.“

„Für kurze Zeit waren die Caesaren Pertinax und Didius Julianus auf dem Thron. Nun finden wir dort einen Soldaten Septimus Severus, dessen vorläufig größter Vorteil sein Militärarzt ist, ein Grieche, zugleich Leibarzt; ein Medicus von beträchtlichem Können. Ich meine dies nicht ironisch."

„In den vergangenen Tagen scheinst du noch mehr dazugelernt zu haben."

„Dazu bin ich konstruiert worden. Um mit Usha zu sprechen: ich hatte einen guten Lehrer."

„Ich verstehe – nein. Nur die Hälfte, bestenfalls. Darüber sprechen wir später. Wie weit sind die tausend verschiedenen Teile für das Sternenschiff aus Bronze gediehen?"

Arconrik hatte sein Äußeres wiederhergestellt. Er sah makellos und gebräunt, stark und auf beneidenswerte Weise männlich aus. Eine Fassade, die bis auf mich und Narnia alle und jeden täuschte, und wahrscheinlich auch Usha getäuscht hatte.

„Schau auf die Bildschirme", antwortete Arconrik.

Eine Stimme, an die ich mich erinnerte – an den Klang, nicht aber an den Besitzer dieses herrischen Organs –, rief auffordernd und jeden Widerspruch im Keim erstickend:

„Ich will das Meer nicht erobern! Ich will seine Geheimnisse kennenlernen!"

An der Küste eines Golfs, wir hörten den Namen *Guadar*, wurde ein Faß aus Eichenholz, mit Erdpech abgedichtet und mit breiten Bändern aus Bronze an Seilen aufgehängt und hochgezogen. Es war eine einfache Konstruktion. In einigen Planken steckten fingerdicke Glasscheiben. Zwei lange Schläuche führten in den Faßboden hinein und hinaus. Zwei wuchtige Blasebälge aus Leder und Holz wimmerten und fauchten.

„Unter dem Meer", sagte der Makedonier zu mir, „geschehen Dinge, die meine Augen sehen werden."

Langsam ließ man das Faß ins Wasser. Am unteren Teil war es mit kantigen Steinen beschwert. Es versank langsam in der weit rollenden Dünung.

„Du wirst naß werden", warnte ich.

Es war keineswegs befremdend, mich selbst zu sehen. Arconrik spielte alte „Erinnerungen" ab, von ES augenscheinlich nicht zensiert. Nearchos und Alexander entkleideten sich, wateten ins Wasser und schwammen langsam auf den bereits nicht mehr sichtbaren Boden des Fasses zu. Sie tauchten, und während sie sich an ledernen Handgriffen festhielten und mit kühnem Schwung ins Innere des sinkenden Fasses hineinhangelten, sank die Taucherglocke tiefer und tiefer, an der höhlenartigen, überhängenden Felsküste abwärts, auf dessen vorspringendem Felsen der Ausleger aus Holz stand und die Untersetzungen der Seilzüge baumelten.

Etwa fünfzehn Mannslängen tief sank die hölzerne Glocke. Aus den Löchern perlten riesige Mengen von Luftblasen hoch. Die beiden Griechen an den Blasebälgen pumpten und schwitzten und beförderten unentwegt frische Luft durch die zusammengenähten Schläuche aus Leder in die Glocke.

Schließlich tauchten, nachdem einer der beiden Taucher am Signalseil geruckt hatte, Tauchboje und die beiden Makedonen auf. Alexander strahlte und schrie, kaum daß er auf festem Grund stand, eines seiner geschichtsträchtigen Worte.

„Die Dinge, die meine Augen gesehen haben, hat mein Geist nicht erfaßt. Nicht ihren Sinn, nicht ihre Bedeutung."

„Du hättest länger dort unten bleiben und staunen sollen", antwortete ich. „Mit mehr Zeit und mehr Aufwand hätte ich dir eine Glocke gebaut, in der du noch mehr Wunder und Schönheiten hättest sehen können."

Nearchos, karg, runzlig und wetterhart, schickte einen makedonischen Fluch zum Himmel. Ich hatte nicht gewußt, daß er derartig phantasievoll war.

Meine Blicke verweilten auf der einfachen, fast rohen Bauweise des Tauchgeräts, als Arconrik, während er diese Bilderfolge ausblendete, zu mir sagte:

„So ähnlich sind die Geräte. Du kannst sie alle auf den Werkbänken und in den Regalen der Magazine besichtigen. Aber sie werden funktionieren. Du wirst jedes von ihnen mit einem Brecheisen, Hammer und Schraubenzieher reparieren können."

„Genau das habe ich mir immer gewünscht", antwortete ich und schlief wieder ein.

Wieder einmal schleusten vier Personen mit dem Gleiter aus, schwebten zunächst in schwarzer Finsternis aufwärts, erreichten die gischtenden Wellen der Meeresoberfläche und nahmen Kurs auf die weit entfernte Oase. Arconrik hatte einen großen, völlig gefüllten Container einige Tage zuvor ausgeschleust und im sicheren Versteck verborgen.

„Ich weiß noch immer nicht", meinte Usha Tizia und ließ ihre großen, dunklen Augen über die Wellen, die Landschaft der Ufer und die Bäume gleiten, „ob mir die silberne Ruhe der Kuppel besser gefällt oder das Land und die Oase."

Arconrik hielt ihre Hand und erwiderte in nachdenklichem Tonfall:

„Ich glaube, es geht uns allen so. Seid lieb zu Atlan oder Demetrion. Er hat eine schwere, lebensgefährliche Zeit vor sich."

„Zuerst einmal gibt es unendlich viel Arbeit!" sagte meine Geliebte und legte beide Arme um meine Schultern.

Wenn diese Arbeiten beendet waren, würde ich zum zweiten Planeten starten. Das war sicher. Alles, was nach dem Start lag und folgte, war höchst unsicher. Aber... ich hatte rund acht Jahrtausende lang überlebt, ich würde wohl auch diesen verrückten Flug überleben.

Dreizehn Jahre! Ihr werdet die meisten, die ihr kennt, in der Oase wieder treffen – lebend! wisperte eindringlich der Logiksektor.

Kurzum: wir lenkten den Gleiter in das Wasser des hoch aufgestauten Flusses, steuerten ihn bis an den breiten Landungssteg der Fischerboote heran und hielten nach Bekannten und Gewohntem Ausschau.

Auch Xandar, noch immer schwarz mit goldfarbenem Fellmuster, war bei uns und stand auf dem Bug des Gleiters.

Es war wie immer. Man wartete auf uns, erkannte uns, feierte ein gewaltiges Fest und sagte sich, daß die alten, halbgöttlichen Freunde endlich den Vogel aus Bronze dazu verwenden würden, ein Wunder herbeizuzaubern. Was wir sahen, freute uns. Sie waren alle um mehr als ein Jahrzehnt selbständiger geworden.

Als uns am dritten Abend der Falkner Khach't besuchte, erschraken wir alle. Wir waren unfähig, unseren Schock zu verbergen. Er war zum Greis geworden; er ging gebückt, hatte schlohweißes Haar und fingertiefe Falten im Gesicht und am Hals. Auch seine Stimme klang wie die des inzwischen gestorbenen Patroklos, des Geschichtenerzählers.

„ES plant etwas", röchelte er keuchend. „Ich bin am Ende, meine Freunde! Alt, grau, zerzaust, wie das Gefieder meiner schnarrenden Falken. Die Töchter des Landes...? Vergeßt sie. Noch kenne ich das Wollen, aber das Vermögen ist mir abhanden gekommen."

Er goß einen mächtigen Schluck Wein in seine dürre Kehle und fuhr, etwas keuchend und nach Luft schnappend, fort:

„Wenn ihr das nächstemal die Oase besucht, werdet ihr von mir nur Gebeine oder, bestenfalls, ein Grab finden. Immerhin habe ich dreizehn Jahre lang den Halbblinden hier geholfen, an eurer Stelle."

„Ich bin sicher", bemerkte Narnia mit einiger Distanz, „daß die Freunde in der Oase es dir zu danken wissen werden."

„Zweifellos!"

In den zurückliegenden Jahren war nicht viel geschehen. Es gab natürlich keine Sklaven in Fesseln oder Ketten mehr. Aus den Angreifern von gestern waren Familienväter voller Bequemlichkeit und mit dickeren Bäuchen geworden. Die schlanken Sklavinnen aus Berenike wurden zu ausufernden Matronen, Müttern zahlreicher fröhlicher Kinder mit einer helleren Haut, als ihre Eltern sie gehabt hatten. Jeder in der Oase war, in Maßen, gesund, konnte mehr oder weniger gut lesen und schreiben, und alle waren enorm tüchtig und dementsprechend reich. Auch aus Tilnemu und Begaspoint und deren Altersgenossen waren würdige Männer geworden, die nur noch von ihren Jugendabenteuern sprachen, aber nicht mehr fähig waren, sie ein nächstesmal zu wiederholen. Aber im entscheidenden Augenblick konnte jeder von ihnen weit über sich hinauswachsen.

Wieder einmal wurde der Sand vor den Bronzetoren weggeschaufelt und die Bohlen mit den Metallgeleisen neu verlegt. Wir rollten und schoben das seltsame Raumschiff ins Freie. Arconrik holte den Container, und es waren insgesamt sechs Männer, die jene neu entwickelten Geräte einbauten.

Es dauerte sehr lange. Die Schwierigkeiten wuchsen von Tag zu Tag.

Zuerst verlegten wir die Elemente der Lagesteuerung. Im Innern befanden sich zwei unterschiedliche Treibstoffkomponenten. Sie wurden gemischt, durch die gebogenen Rohre gedrückt und entzündeten sich an Glühfäden in den trichterförmigen Düsen, die an eineinhalb Dutzend Stellen überall aus dem Schiff herausragten. Der Pilot konnte damit jede Lageänderung im schwerelosen Raum durchführen und sogar im Bereich der Gashüllen eingeschränkte Steuermanöver wagen.

Über dem Platz des Piloten wurde ein bewegliches Rohr-Endstück eingebaut, nachdem wir ein großes, exakt rundes Loch gebohrt hatten. Die Linsen dieses Objektivs ließen sich drehen und schwenken und auf einen Stern oder einen Planeten ausrichten. Ein geschliffenes Stück Qualitätsglas-Prisma erzeugte ein Brechungsspektrum, das unverwechselbar war.

Nur die Charakteristika des zweiten und dritten Planeten wurden gespeichert. Arconrik hatte sie ohne Schwierigkeiten gefunden und genau definiert; der innere Planet hob sich über den Horizont und konnte sofort definiert werden. Die spektrografischen Elemente und Linien des dritten Planeten... wer kannte sie besser als wir und unsere Computer?

Sauerstoffversorgung, Filter und Vorräte – ihnen galt unser besonderes Interesse. Ich hatte, wenn alle Systeme versagten, eine Reserve für den Raumanzug von mehr als neunzig Stunden.

Fächer, Stauflächen und Tanks für Essen und Flüssigkeit – wir bauten ein System nach dem anderen ein.

Der Fallschirm wurde ausgepackt und wieder methodisch zusammengelegt. Arconrik und ich stiegen mit dem Gleiter auf. Über menschenleerer Wüste hakte ich die Reißleine an einen Handgriff und sprang in tausend Mannsgrößen Höhe aus der Kabine.

Mit einem weichen Ruck entfaltete sich der Schirm. Ich schwebte langsam zurück zum Boden und versuchte, innerhalb enger Grenzen den Flug zu beeinflussen, indem ich an den Schnüren zog und die Windöffnung drehte und vergrößerte.

Ich landete am Hang einer Düne, überschlug mich in einer Sandwolke und stand, den Schirm heranziehend, schon auf den Beinen, als der Gleiter neben mir landete.

„Es ist beängstigend“, sagte ich halblaut. „Wir haben gut geplant, gezeichnet und gearbeitet. Alles scheint zu funktionieren.“

Auf den Bildschirmen hatten wir gesehen, daß auch die kleinen gelben Menschen im Reich Ch'in das gemischte schwarze Pulver als Treibmittel für Raketen benutzten. Ihre Geschosse aber verwendeten sie nur, um in den Nächten farbige Feuerwerke zu erzeugen und feindliche Heerlager in Brand zu setzen. Ein Vordringen in den Weltraum mit dieser Technik lag ihren Gedanken fern.

„Freue dich nicht zu früh“, sagte er und half mir, den Schirm wieder zusammenzulegen und zu verstauen. „Es stehen noch Dutzende einzelner Versuche auf dem Programm.“

„Ich weiß es."

Weiter ging es mit der Arbeit. Das Innere der langen, röhrenförmigen Kabine füllte sich mit Leitungen, Rohren und Geräten, die einander im rätselhaften, seltsamen Aussehen überboten. Ich kannte dank meines photographischen Gedächtnisses fast jede einzelne Schraube und vermochte mühelos, mit wenigem Werkzeug jedes Gerät auseinanderzunehmen und wieder zusammenzusetzen.

Auf den Tischen des Hauses lagen große weiße Kunststoffbögen. Darauf waren Kreise gezogen. Runde Scheiben symbolisierten die beiden Planeten und die Sonne. Arconrik hatte die Standorte auf den Umlaufbahnen errechnen können, und Tag für Tag rückten die blaue und gelbe Scheibe um eine kleine Strecke vor. Ein Umlauf von Larsaf III dauerte rund dreihundertfünfundsechzig Tage, Larsaf II brauchte knapp zweihundertfünfundzwanzig. Wir mußten errechnen, an welchem Tag ich zu starten hatte, denn mein geschwungener Kurs führte mich an eine Stelle, an der Larsaf II und das Schiff aufeinandertreffen würden – nach der kürzestmöglichen Flugzeit. Dasselbe galt für den Rückflug.

Je näher einer der möglichen Starttage kam, desto mehr wuchsen meine Unruhe und Unsicherheit. Echte Furcht mischte sich in meine Gedanken. Die Anspannung nahm zu.

Jedes einzelne Gerät wurde ständig eingeschaltet, mit Höchstlast betrieben und ausgeschaltet. Reichte der Luftvorrat in den langen, schlanken Druckflaschen? Waren die Isolierung des Rumpfes und die Schutzschichten des Raumanzugs ausreichend gegen die kosmische Strahlung?

Alle Werte waren ständig durchgerechnet worden. Aber es handelte sich um theoretische Berechnungen, nicht um den harten Zweck des wirklichen Fluges.

Der gesamte Flug würde weniger als einen Mond lang, dreißig Tage also, dauern dürfen.

Ich erkenne es. Wenn ES dich zurückrufen würde, wärest du froh! sagte zutreffend der Logiksektor.

Schließlich schien alles fertig zu sein. Ich wagte den ersten Versuch. Ich zog den Raumanzug an, kletterte in die LARSAF DREI hinein und schloß die beiden Schleusentüren.

Nacheinander aktivierte ich die einzelnen Geräte. Ich schloß die dünnen Metalljalousien der Bullaugen. Ich richtete mich für einen Aufenthalt ein, der mindestens fünfundzwanzig Tage lang dauern sollte. Schon die Vorstellung dieser Einsamkeit erschreckte mich. Mit Arconrik stand ich in Funkverbindung, und wir hatten sämtliche Vorräte so errechnet, als wäre es der wirkliche Flug.

Statt der Stiefel des Raumanzugs trug ich dicke Wollstrümpfe mit dreifachen Sohlen. Die Umluftanlage begann zu arbeiten, entließ frische Luft in den Hohlkörper, bewegte sie und saugte sie an anderer Stelle wieder ein. Fünf verschiedene Filter wirkten zusammen, um die Atemluft reinzuhalten. Die Feuchtigkeit dieser Luft wurde kontrolliert. Ich entdeckte am frühen Morgen eines der folgenden Tage den zweiten Planeten über dem Horizont und verglich das undeutliche Spektrum mit meiner Farbtafel. Es stimmte. Ich schlief auf dem weichen Leder des auseinandergeklappten Sessels und spielte die Bänder ab, die wir mit Musik gefüllt hatten – Instrumente, Chöre und Musiker aus allen Teilen der Welt und vielen unterschiedlichen Zeichen. Wieder suchten mich undeutliche, wirre Fetzen der Erinnerung heim.

... braunhäutige Wilde, jenseits des Meeres, denen ich zeigte, wie mit steinernen Äxten und klug kontrolliertem Feuer aus einem wuchtigen Baumstamm ein Boot wurde, mit Auslegern, Sitzbrettern und einem Segel aus geflochtenen Gräsern und Rispen...

... Ureinwohner, die gerade erst die Sprache entwickelten und mir den seltsamen Namen „Donar“ gaben, aus welchen undeutlichen Gründen auch immer...

... Kämpfe, in die ich verwickelt wurde: schreiende Menschen, die ihre Körper mit Farbstreifen bemalt und ihre Gesichter hinter schreckerregenden Kugelmasken aus gehärtetem Lehm verborgen hatten. Steinbeile flogen durch die regennassen Zweige eines unbekannten Dschungelwalds...

Ich erwachte wieder, sprach mit Arconrik und erfuhr Neuigkeiten über Septimus Severus und die hohe Kunst seines Leibarztes. Ich hörte von meinem unbestechlichen Helfer, daß die Oasenleute immer wieder hierher kamen und ins Innere zu spähen versuchten. Sie stellten Fragen über Fragen und bekamen Antworten, die, obwohl sie richtig waren, die Menschen nicht zufriedenstellten.

Ich betäubte mich für achtundvierzig Stunden, indem ich mit einem einfachen Griff die Blutzufuhr zum Gehirn unterbrach. Tatsächlich schlief ich ein, verbrauchte einen winzigen Bruchteil der Energie und erwachte wieder, als mich mein Unterbewußtsein und der Extrasinn weckten.

Ich trank Wasser, kalten Tee, der metallisch zu schmecken begann, hin und wieder einen Schluck Wein.

Ich erleichterte mich, indem ich einen wachsgetränkten Leinensack benutzte. Später würde ihn der Überdruck aus der Klappe der äußeren Schleuse hinausschleudern; während dieses Versuchs öffnete Arconrik die dichte Platte und räumte das Zeug weg.

Es war unmöglich, zu merken, ob es im Innern stank oder nicht. Das Atmen fiel mir nicht schwerer als sonst; die Indikatoren zeigten eine gleichmäßige Atemluft-Qualität an. Die Tage und Nächte wurden zur Folter der Einsamkeit.

Ich verlor schließlich das Zeitgefühl.

Natürlich gab es Chronometer an Bord. Aber die Zeiger und Ziffern sagten mir nicht viel. Ich sehnte das Ende des Versuchs herbei und sagte mir, daß während des wirklichen Fluges mich die Arbeit an den Bordsystemen beschäftigen würde. Ich übte, den Raumanzug in der Enge anzulegen und auszuziehen, immer schneller, mit einer Versessenheit, die an Manie grenzte.

Der Tee war verdorben. Ich hatte sämtliche Früchte aufgegessen und besaß nur noch Dörrobst und Nüsse.

Arconrik berichtete mir die neueste Entwicklung aus dem Herzen des Römischen Reiches.

„Septimus Severus, ein Aristokrat von afrikanischer Abstammung, hat sich in Rom durchgesetzt. Er scheint ein tüchtiger Mann zu sein. Seine Muttersprache ist Punisch. Er hat verkündet, daß er aus der Siedlung Leptis magna eine glanzvolle Stadt machen will. Die Soldaten lieben ihn und haben ihn gewählt."

„Dann kann ich ja", knurrte ich, obwohl ich froh war, wieder eine Stimme von außerhalb meiner metallenen Gefängniszelle zu hören, „wieder einmal als Städtebauer auftreten und ihm meine Dienste anbieten."

„Sicher. Nach deinem Planetenflug!" bestätigte Arconrik lachend.

Ich riß mich mit aller Macht zusammen und erwachte aus meiner Erstarrung. Zuerst machte ich Muskelübungen, bis der Schweiß über meinen Körper rann und zu stinken anfing. Dann kontrollierte ich die Chronometer. Noch drei Tage!

Ich verbrachte von den siebzig Stunden mehr als vierzig damit, alle Geräte zu untersuchen, Filter zu wechseln und mich vom Funktionieren unserer handgemachten Systeme zu versichern. Ich schlief plötzlich viel besser und ohne schlimme Träume.

Als sich ein Summer schnarrend meldete, war die Scheinreise endlich vorbei. Ich zog den Raumanzug in Rekordgeschwindigkeit an, dachte nur noch an Köstlichkeiten wie heiße Bäder, kaltes Bier und frisches Essen und drehte die Riegel der Schleusentüren auf.

Narnia, Usha und Arconrik erwarteten mich.

Die frische Luft wirkte wie ein Faustschlag ins Gesicht. Ich taumelte mit verkniffenem Grinsen auf die Gruppe meiner Freunde zu. Mir war übel; langsam gewöhnte ich mich auch an die abkühlende Luft des beginnenden Abends. Die Geräusche, die auf meine Ohren eindrangen, waren alle ungewohnt, neu und für kurze Zeit auch erschreckend. Ich erkannte selbst meine eigene Stimme nicht mehr, als ich mich dann sagen hörte:

„Die Langeweile ... das Eingeschlossensein ohne rechte Arbeit, das war hart. Ich hab's überstanden."

„Fünfundzwanzigeinhalb Tage!" rief Usha. „Erkennst du uns noch?"

Sie halfen mir, aus dem Raumanzug zu klettern. Ich fühlte mich klebrig vor Schmutz und eingetrocknetem Schweiß.

„Damit habe ich keine Schwierigkeiten", murmelte ich. „Ein Bad! Schlaf! Und ein Bier, groß, schäumend und kalt."

Sie führten mich in die Halle. Dort stand ein Krug, von nassem Tuch bedeckt. Einige Atemzüge später hielt ich einen großen Becher in der Hand und trank das Gebräu, als hinge mein Leben davon ab. Im Haus erwarteten mich ein Bad, die weißen Laken des Bettes und die Gegenwart Narnias. Ich benötigte drei Tage, um mich wieder zu erholen.

In dieser Zeit hatte Arconrik mit seinen Helfern das Innere des Schiffes wieder gesäubert und, mit einigen Einschränkungen, halbwegs startfertig gemacht.

In Arconriks Werkstatt präparierten wir den kleinen Satelliten, der unseren Funkkontakt ermöglichen und sichern sollte. Er verfügte über ein kleines Feststoff-Triebwerk, eine Energiezelle und die Empfänger und Sender, deren Empfindlichkeit und Leistung verstärkt werden mußte. Wenn ich ihn einmal ausgeschleust haben würde, war er nach kurzer Lebensdauer verloren – es würde ein Unding sein, ihn wieder einfangen zu wollen. Der annähernd kugelförmig aussehende Block verfügte über Reflexionsflächen und einen starken Scheinwerfer der auf Blinkleistung geschaltet werden würde. Wir trugen den Satelliten in das Schiff und verankerten ihn neben der Schleuse.

Inzwischen hatten sich die Symbole der Planeten auf ihren Bahnen deutlich weiterbewegt.

Unser Planet näherte sich jener Position, die der zweite

Planet bald erreichen würde. Dann lagen sie sich auf den Bahnkreisen sozusagen gegenüber. Dies würde die geringstmögliche Entfernung sein.

„Dein Flug wird neun Tage dauern", sagte Arconrik und zog eine gekrümmte Bahnkurve.

„In dieser Zeit bewegt sich der zweite Planet von hier nach hier", sagte ich und postierte das Symbol um. „Einen oder zwei Tage Aufenthalt?"

„Nicht mehr als drei. Du solltest dein Ziel also bald gefunden haben!" warnte mich der Robot.

„Nichts anderes habe ich vor."

„Bis zum Start sind es noch dreizehn Tage. Zwölfeinhalb, um genau zu sein. Erst nach einem knappen dreiviertel Jahr bietet sich eine ähnlich günstige Gelegenheit."

„Natürlich warte ich nicht so lange", erklärte ich. „Dinge von dieser Größenordnung muß ich schnell hinter mich bringen."

„Einen knappen Mond lang!" flüsterte Narnia. „Wir werden warten müssen, können nichts für dich tun und müssen hier zittern und schwitzen."

Ich lachte sarkastisch und entgegnete:

„Wenigstens zittert ihr auf festem Boden."

An meinem Vorhaben war nichts Bewundernswertes. Der Versuch entsprang der Not und der Einsicht, daß ein einziger Mann nicht in der Lage war, die kulturelle und zivilisiatorische Entwicklung einer Welt mit etlichen fünfzig Millionen Bewohnern positiv zu beeinflussen. Ich hatte es wirklich versucht. Ich würde auch verhindern können, daß ARKON den Planeten zu einer Kolonie herabwürdigte.

„Je mehr und länger wir über den Flug sprechen", entschied Usha resolut, „desto schlimmer wird der Abschied. Los! Trinkt einen Becher Wein. Vergeßt die Angst!"

„Zwei Becher sind wirkungsvoller."

„Mein Zustand", sagte ich ihnen wahrheitsgemäß, „ist

auch mit fünf vollen Weinkannen nicht zu ändern. In zwölf Tagen oder etwas später bin ich auf meinem längsten und schwierigsten Weg."

Arconrik versuchte mich mit einer vernünftig klingenden Erklärung zu trösten.

„Jeder Weg, der unbekannt ist, scheint der schwerste zu sein. Und nachher stellt sich heraus, daß es halb so schlimm war. Wir haben alles getan, um den Flug zu einem Erfolg zu machen."

„Sicher hast du recht."

Nur scheinbar ungerührt und unbeeindruckt gingen wir die folgenden Tage unserer normalen Tätigkeit nach. Wir halfen den Leuten der Oase und beantworteten weitere Fragen, immer wieder kontrollierten wir die Geräte und die Ausstattung des Schiffes aus Bronze. Es stand da, blitzend und funkelnd im Sonnenlicht, im Schmuck aller Verzierungen. Mir drängte sich ein Vergleich mit Xandar auf, dem Robotgeparden. Das Sternenschiff sah aus, als spanne es seine Muskeln, fertig und bereit für den großen Sprung.

Ich versuchte, die Unruhe loszuwerden, mich zu beherrschen, ruhiger zu werden. Bis zu einem bestimmten Punkt halfen mir die Fähigkeiten, die ich während der schweren und intensiven Ausbildung zur ARK SUMMIA erworben hatte. Aber es blieb, trotz aller Ruhe und scheinbaren Gelassenheit, ein Rest übrig, den ich nicht unter Kontrolle bringen konnte.

Ich hatte Angst. Nichts anderes, nichts mehr und nicht weniger.

Ein Tag nach dem anderen verging, und der darauffolgende schien noch langsamer abzulaufen. Stunden wurden scheinbar zu kleinen Ewigkeiten. Alle meine Freunde versuchten mir zu helfen, indem sie mir Mut zusprachen und immer wieder sagten, daß wir bisher alles geschafft hatten. Weniger als ein halbes Dutzend Menschen begriffen wirklich, worum es ging. Die anderen dachten an dunkle Wunder oder an ferne Zeiten, die anders als das Heute sein würden.

Schließlich war das entscheidende Datum da. Es gab zwei Möglichkeiten für mich.

Ich konnte jetzt starten oder mich der Qual einer weiteren, noch längeren Wartezeit stellen. Ich entschloß mich: *Jetzt!*

Du hast richtig gewählt, rief der Logiksektor.

Mitten in der Nacht zog ich den Raumanzug wieder einmal über die dünne Körperkleidung, testete die Systeme und ging zum Schiff. Nur Narnia und Arconrik begleiteten mich. Der Abschied war kurz, aber in mir blieb ein scharfer Schmerz zurück, der mich betäubte. Arconrik schloß die Schleusentüren, ich klinkte die Riegel ein.

Ich setzte mich in den Sessel, befestigte eine Hälfte der Gurte und schaltete das Abspielgerät ein. Obwohl ich die Handgriffe hundertmal geübt hatte, gehorchte ich diesen gesprochenen Befehlen. Die Schalter klickten, Ziffern bewegten sich, Nadeln schlugen aus. In den Lautsprechern der Funkgeräte fing die Statik zu rauschen an. Hinter den Bullaugen sah ich im ersten grauen Schimmer des Tages die Gesichter Narnias und Arconriks. Ich hob die Hand und winkte.

„Ich schalte die Triebwerke ein“, sagte ich ruhig. „Vorsicht dort draußen.“

„Verstanden.“

Wieder stieg das Schiff waagrecht und langsam in die Höhe. Ebenso langsam kam das Licht des Tages. Nacheinander fingen die Geräte der Versorgung zu arbeiten an. Ich leitete einen langsamen Schrägaufstieg ein und gewann in der gewohnten Schnelligkeit Höhe und Geschwindigkeit. Der Kompaß zeigte mir die Richtung an, die ich zunächst einschlagen mußte. Ich flog nach Westen, und das Sonnenlicht überholte mich. Als das Licht von den Instrumenten in unerträglicher Helle reflektiert wurde, schloß ich zwei der waagrechten Bündel aus Metallstreifen.

An Arconrik gab ich die nächste Meldung ab, und er antwortete mir mit beneidenswerter Ruhe.

Ohne Hast ließ ich den bronzenen Vogel steigen, bis die Leistung der Triebwerke nicht mehr ausreichte. Ich schaltete andere Systeme zu und merkte, daß das Raumschiff schneller zu werden begann. Ich richtete die Spitze auf den einzigen Stern aus, den ich voraus klar erkennen konnte. Es war jener Wandelstern, den die Menschen Abendstern oder Morgenstern nannten.

Also der zweite Planet.

Eine halbe Stunde etwa brauchte das metallene Geschoß, bis es, ständig in einem flachen Winkel steigend, die höchste Geschwindigkeit erreicht hatte. Ich schloß die Klammern der anderen Gurte und klappte die Schutzpolster hoch.

Der erste große Schritt. Jetzt konnte ich noch zurück. Ich schloß die Augen, dachte an mein Ziel und begann lautlos zu fluchen.

Das nächstemal wird es noch schlimmer sein, Atlan! sagte beschwörend der Logiksektor.

Ich sprach ins Mikrophon:

„Ich zünde das erste Triebwerk."

„Eine endgültige Entscheidung also?"

„Ja. Ich will es hinter mich bringen."

„Ich habe verstanden. Sprich weiter, wenn du Zeit dazu hast."

Ich zog den Hebel. Wieder traf mich die volle Wucht der Beschleunigung und verdoppelte binnen weniger Atemzüge die Geschwindigkeit des metallenen Geschosses. Noch hörte und fühlte ich die Flamme, den Rauch und die starken Erschütterungen. Hinter dem Glas des Bullauges begann der zweite Planet einen zitternden Tanz inmitten anderer Sterne.

Mit wenigen Feuerstößen aus den kleinen Düsen richtete ich immer wieder die Flugbahn aus. Ein langer, prüfender Blick über alle Zeiger, Ziffern und Anzeigen. Die LARSAF DREI war auf ihrem Weg zum anderen Planeten. Das Triebwerk loderte und dröhnte und vergrößerte mit jedem Herzschlag die Geschwindigkeit.

Als nach einer unerwartet langen Zeit die Hülse ausgebrannt war, schnallte ich mich los, ging zum Heck und löste eine Sperre. Eine Spiralfeder schlug hart auseinander und katapultierte sich selbst und das überflüssige Gewicht nach hinten weg. Ich berichtete Arconrik von dieser Schaltung, kletterte nach vorn und schnallte mich wieder fest.

„Zweite Zündung."

„Bist du gut auf Kurs?"

„Ja. Das Ziel ist genau vor mir, in der Verlängerung der Flugbahn."

„In Ordnung. Zünde die Rakete."

Das Geräusch der dünner werdenden Lufthülle an den Flügelkanten und den vielen Verzierungen wurde leiser und klang nicht mehr gefährlich. Die Anspannung aller Nerven und Muskeln, die mich zuerst nahezu gelähmt und meine Gedanken in ihren Griff gezwungen hatte, schien sich aufzulösen. Eine trügerische Heiterkeit zeichnete sich irgendwo in meinen durcheinanderwirbelnden Überlegungen ab; sie schob sich hinter einem Horizont der Phantasie hoch wie die aufgehende Sonne.

Zum zweitenmal packte eine unwiderstehliche Kraft die LARSAF und trieb sie vorwärts. Die Geräusche hörten schließlich auf. Nur die Vibrationen und ein undeutliches Brummen blieben. Ich hatte die letzten Grenzen der Lufthülle verlassen.

Ich zog das Rohr an mich heran und fühlte, daß es heiß geworden war. Vorsichtig blickte ich hindurch und sah den Stern, der in Wirklichkeit eine Planetenkugel war, umhüllt von dichten Wolken und das Sonnenlicht vergrößernd. Das Sonnenlicht!

Ich war mit der Sonne im Rücken gestartet und hatte sie jetzt rechts vor mir.

Ich schilderte, obwohl ich mich an unsere Berechnungen erinnerte, diese Beobachtung dem Roboter.

Er bestätigte, daß ich auf dem richtigen Kurs war. Das Gestirn mußte rechts von mir bleiben.

Die zweite Ladung brannte aus, wurde abgesprengt, die dritte wurde gezündet.

Als ich mich mühsam herumdrehte und die Oberfläche meines Heimatplaneten suchte, sah ich ihn zwar nicht als Kugel, aber als sphärisch nach allen Seiten gekrümmten Gegenstand. Eine Hemisphäre, riesengroß, zur Gänze sichtbar, mit dem dünnen, mehrfarbigen Saum der Lufthülle.

Die dritte Ladung wurde nach hinten weggeschleudert, und der vierte Treibsatz tobte fast geräuschlos. Ich lag in dem Sessel, entspannte mich und wartete darauf, daß dieser entscheidende Moment vorüberging. Weiter und weiter, mit einer Geschwindigkeit, die genügen *mußte*, raste der seltsame Vogel auf den fernen Wandelstern zu.

Ich hörte die Anweisungen ab, spielte den Text zurück, hörte sie ein zweitesmal und versetzte ganz vorsichtig und mit kurzen Stößen aus den Richtungsdüsen die LARSAF in eine langsame Drehung entlang der Längsachse. Immer wieder kontrollierte ich mit dem Prisma-Fernrohr, ob ich das richtige Ziel gewählt hatte und im Blickfeld behielt.

Hör auf! schrie endlich der Extrasinn. *Es ist richtig! Du machst dich selbst verrückt!*

Abstrahlung der Wärme in den Weltraum und Hitzeaufnahme durch die ungehinderte Strahlung des zentralen Gestirns hielten – hoffentlich – einander die Waage.

Ich sprengte die vierte Antriebseinheit weg und schaltete das erste Funkgerät aus. Die Reichweite genügte nicht mehr. Noch verfügten wir über zwei andere Systeme. Sie würden unbrauchbar werden, wenn es mir nicht gelang, den Satelliten auszusetzen und einzuschalten, oder wenn das verwünschte Ding nicht richtig arbeitete.

„Arconrik?“

„Ich höre?“

Seine Stimme durchdrang das Zischen und Rauschen, wurde aber dünner und wesenloser.

„Ich glaube, ich bin auf dem Weg. Das letzte Triebwerk

ist ausgebrannt. Ich stelle fest, daß alle Versorgungseinrichtungen so gut funktionieren wie am Boden.“

„Und du bist schwerelos.“

„Richtig.“

„Nimm den Wein und trinke einen großen Schluck. Wir denken an dich. Während du trinkst, wird Narnia mit dir sprechen.“

Vermutlich würde mir auf diesem einzigartigen Flug noch mehr klar werden. Ich erkannte mich selbst; auch hier war der erste Schritt, daß ich spürte: ich liebte Narnia. Wir sprachen fast schreiend miteinander, und ich versuchte, Zuversicht und Freude zu zeigen. Ich wußte nicht, ob sie mir jedes Wort glaubte. Wenn sie skeptisch blieb, so merkte ich es nicht. Sie war zu klug dazu.

Stille und Schweigen würden mich jetzt begleiten bis zur Annäherung an die rasenden Turbulenzen der Atmosphäre des ersehnten Zieles.

Ich zog die Stiefel aus, betrachtete die kleiner werdende Fläche des gekrümmten Bildes, verfolgte die Veränderungen der spiraligen Wolken und öffnete und schloß die Innenjalousien. Ich erfrischte mich mit einem feuchten Tuch, das nach Sandelholz roch.

Der Wein schmeckte. Ich schwebte in der engen Kammer hin und her und kontrollierte mit pedantischer Genauigkeit selbst die unwichtig erscheinenden Schrauben und Leitungen. Alles war in Ordnung. Ich versuchte, Parallelen zu dem ersten Aufenthalt zu entdecken, aber nun war alles ganz anders.

Dies war der wirkliche Raumflug!

Der Sessel wurde in eine Liege verwandelt. Ich musterte die Sterne und vermied, in die Richtung der Sonne zu blicken. Die LARSAF schwang in einem weiten Bogen auf einen Punkt zu, an dem ich mich mit dem zweiten Planeten auf dessen kreisförmiger Bahn um die Sonne treffen wollte.

Nach einigen Stunden kehrte eine unbestimmte Ruhe ein. Ich hatte alles getan, um zu überleben und das Schiff auf Kurs zu halten. Es gab für den Augenblick nichts mehr. Wie eine Schraube in einem unendlich langen Rohr mit innenliegendem Gewinde drehte sich die LARSAF durch den leeren Kosmos. Jedes einzelne Gerät, das ich hatte und ablesen konnte, zeigte die Werte, die wir errechnet hatten. Mein Leben war nicht gefährdet. Noch nicht. Ich konnte mir ein paar Stunden Ruhe gönnen.

Ein zweiter Schluck Wein aus dem Saugrohr des Ledersacks. Eine Scheibe Braten und frisches Brot mit Salz, dann öffnete ich den Raumanzug und legte mich, vorsichtig die Schnallen der Gurte schließend, auf die Fläche des Liegesessels.

Ich sagte Arconrik, daß ich einige Stunden ruhen wollte.

Er versprach, mich zu wecken – oder es zu versuchen. Noch war der Augenblick weit entfernt, an dem ich unsere Funk-Relaisstation auswerfen mußte. Ich bildete mir ein, daß aus dem Schein-Stern inzwischen eine winzige Scheibe geworden war.

Der Flug durch den Weltraum hatte angefangen. Als ich erwachte, sah ich den Planeten bereits als Kugel vor der Kulisse aus Schwärze und Sternen. Es war eine wunderschöne, leuchtende Welt.

Ich fühlte mich, als würde ich den Barbarenplaneten verraten, wenn ich tatsächlich den Sender einschalten und den Notruf abgeben konnte. War es so? Ich wußte es nicht. Niemand wußte es. Nicht einmal ES, der andere Hüter des Planeten.

ENDE